El riesgo de querer

Ann Major

HARLEQUIN™

Editado por HARLEQUIN IBÉRICA, S.A.
Núñez de Balboa, 56
28001 Madrid

EL RIESGO DE QUERER, N.º 1643 - 18.3.09
Título original: The Throw-Away Bride
Publicada originalmente por Silhouette® Books

I.S.B.N.: 978-84-671-6873-0
Depósito legal: B-2011-2009
Editor responsable: Luis Pugni
Preimpresión y fotomecánica: M.T. Color & Diseño, S.L.
C/. Colquide, 6 portal 2 - 3º H. 28230 Las Rozas (Madrid)
Impresión y encuadernación: LITOGRAFÍA ROSÉS, S.A.
C/. Energía, 11. 08850 Gavá (Barcelona)
Fecha impresion para Argentina: 14.9.09
Distribuidor exclusivo para España: LOGISTA
Distribuidor para México: CODIPLYRSA
Distribuidores para Argentina: interior, BERTRAN, S.A.C. Vélez Sársfield, 1950. Cap. Fed./ Buenos Aires y Gran Buenos Aires, VACCARO SÁNCHEZ y Cía, S.A.
Distribuidor para Chile: DISTRIBUIDORA ALFA, S.A.

Capítulo Uno

Texas Central, cerca de Austin
Rancho de Abigail Collins a las afueras de Bastrop, Texas
1 de junio por la mañana temprano

Leo Storm, por previsible, le había parecido la opción más segura.

«Si entras en un bar por despecho, con intención de bailar con uno o dos desaforados vaqueros y acabas acostándote con el tipo más soso, fiable y acartonado del lugar, y encima vecino tuyo, no esperes que las consecuencias sean reseñables... ni en su cama ni después».

A Abigail Collins le escocían los ojos, y no precisamente de limpiar el establo de Coco, su yegua. Estaba atravesando un grave estadio del Síndrome Pobre de Mí.

Se suponía que los ambiciosos directores ejecutivos como Leo Storm no corrían riesgo alguno en cuanto al sexo. Se suponía que llevaban las carteras llenas de preservativos y que se quedaban dormidos tras el primer combate.

Pero, al parecer, Leo no había leído el reglamento de los ejecutivos en esta materia. Mostró tal destreza y apasionamiento que Abigail se estremeció y derritió por completo, entregándose a él de tal modo que a la mañana siguiente se despreció por ello y le echó la culpa a él. Tantas veces lo habían hecho que su cuerpo se había resentido durante días. Ni que decir que, desde entonces, había hecho lo imposible por evitarlo. Por eso, descubrir que estaba embarazada fue un golpe muy duro.

Lo sabía desde hacía una semana y, desde entonces, no había hecho más que regodearse en su triste situación a pesar de no sentirse orgullosa de lo infantil de su comportamiento.

Aquella mañana en el baño había vuelto a desesperarse y bajando la tapadera del inodoro se había desplomado sobre ella llorando como una cría. Poco después había roto a llorar otra vez mientras se golpeaba la frente con los azulejos de la ducha.

Como si cubos de lágrimas y lamentos, sin olvidar los gimoteos, sirvieran de algo. Tenía que afrontar las cosas. ¡Estaba embarazada! ¡De Leo Storm!

Era soltera, necesitaba tener todo bajo control y no sentía deseo alguno de embarcarse en una relación a largo plazo después de que su novio, Shanghai Knight, la dejase por otra.

Se humedeció los labios y se secó el sudor de la frente. No pensaba volver a llorar. Era una chica madura, ya se estuviese comportando o no como tal. Podía enfrentarse a aquello: tenía que hacerlo.

Eso era lo que pensaba decirle, y seguro que iba a sentirse mejor después de hacerlo. Cerró los ojos e intentó no pensar en el rostro lívido de Leo ni en sus ojos negros y airados de la última vez que se habían visto. Estaba furioso con ella y le dijo que habían terminado.

Normalmente le tranquilizaba pasar tiempo en el establo con Coco, pero aquel día no lo logró, porque le aterraba la idea de conducir hasta San Antonio para decirle a un terco director ejecutivo, que además se negaba a contestar a sus llamadas, que tenían un pequeño problema.

Cada vez que se inclinaba para sacar con la horquilla estiércol y paja sucia se le bajaba un poco la cremallera de los vaqueros, recordándole el problema que compartía con él y la noche que pasaron juntos; ésa que con tanto empeño quería olvidar.

No era el caso de Leo, porque le había dejado claro mil veces que la deseaba, y lo decía en serio. La estuvo llamando a casa y al trabajo, se dejaba caer por allí, pero al final, al ver que ella lo rechazaba por enésima vez, se enfadó tanto que le dio un ultimátum y ella lo ignoró. Habiéndose deshecho de ella, no le iba a hacer ninguna gracia saber que Abby tampoco había podido olvidar aquella noche.

Suspirando, apoyó la horca en la carretilla y tiró de la cremallera. Para cuando consiguió cerrarla estaba resollando, así que ni siquiera se molestó en abrocharse los pantalones. Ya le apretaban cuando se los compró, pero como por entonces pensaba perder unos kilos, no le importó.

Claro que por lo pronto no le iba ser posible perder peso. Al detenerse a recoger la horquilla, sintió vibrar su teléfono móvil en el bolsillo y la soltó con tal fuerza que Coco se echó hacia atrás repiqueteando con las herraduras sobre el suelo de cemento.

¿Y si su gran amor resbalaba por su culpa?

–Buena chica –susurró suavemente a pesar de las náuseas que le provocaba aquel hedor a paja, orina y caballo.

Esperaba contra todo pronóstico que Leo transigiera y le devolviese la llamada como una persona razonable. Puede que incluso accediera a pasarse por su rancho esa noche para hablar. Por mucho que temiese el encuentro, sería genial que le evitara el viaje hasta San Antonio y la humillación de tener que abrirse camino hasta su despacho después de que él le dejase claro que no quería volverla a ver.

Y no es que lo culpara por ello. El corazón le golpeó el pecho al recordarse acusándolo de no ser capaz de aceptar un «no» por respuesta y acosarla. Él había tomado aire. Pero ella había visto el dolor que se reflejaba en sus ojos justo antes de girarse, arrojar a la basura las rosas que le traía y regresar lentamente a la camioneta. Luego la había llamado y le había dado un ultimátum, que, por alguna extraña razón, ella había recreado en su cabeza al menos una docena de veces.

En lugar del nombre de Leo, la luz azul de su teléfono móvil mostró el número de In the Pink!, la empresa de Abigail, situada cerca de Congress Avenue en el centro de Austin.

Era Kel, su secretaria de dirección, mejor amiga, terapeuta gratuita... y últimamente paño de lágrimas.

«Maldita sea».

Abigail se echó sobre la pared del establo. Una lágrima rodó por su mejilla mientras contenía la respiración. Luego tragó saliva y gritó un «hola» que pretendía sonar animado.

–Hola, Abby, ¿estás resfriada o algo así?

–Algo así –Abigail se sentía paralizada–. Esto me tiene descompuesta.

–Lo sé. Son las hormonas.

O quizá el terror que le provocaba Leo Storm, lo

que diría o le haría aquella mañana al recibir la noticia, sobre todo después del modo en que lo había tratado.

–Aparte de sentirme al borde de un ataque de nervios, estoy bien. Mejor que nunca –consiguió de algún modo fingir una risa–. Tan bien como podría estar alguien que se levanta con náuseas por la mañana, limpiando un establo… antes de enfrentarse a un pelotón de fusilamiento.

–Tendrás que contratar a alguien que haga por ti ese trabajo tan asqueroso.

Kel era una chica de ciudad hasta la médula y no entendía de caballos.

–Lo sé. Tienes razón. Lo haré.

–¿Hay alguna cosa que deba saber antes de organizar tu agenda del día?

–Sí. Hoy iré a hablar con... él.

–¿Sí? ¿Cuándo exactamente?

–¡Esta misma mañana! ¡Será lo primero que haga!

–¡Bueno, por fin!

–Si sigo aplazando esto acabaré completamente loca. El único problema es que parece que voy a tener que averiguar su paradero. No contesta a mis llamadas.

–Tenías que haber hecho caso a la lista de tu secretaria. ¿No te dije que debías llamarlo y disculparte...?

–¡A la listilla de mi secretaria!

–Y culona también –rió Kel–. Y cada vez más. Jan ha traído esta mañana dos docenas de donuts cubiertos de una suculenta y pringosa capa de fresa, y ya estoy inhalando el segundo.

–Vale. No lo llamé ni pedí disculpas. Y desde entonces me evita a mí y a mi rancho, así que ahora no se va a molestar en descolgar el teléfono o contestar a mis llamadas.

–¿Y por qué nos sorprende tanto?

–Dije que era urgente. Además, le dejé varios mensajes a su secretaria. Por cierto que ayer se puso cortante y me dijo que él no tenía intención alguna de llamarme. Ni te imaginas lo humillante que fue todo. No pienso decirle a semejante bruja que estoy embarazada de él, así que supongo que tendré que ir en persona.

–Vale. ¿Y crees que estarás de vuelta esta tarde?

–Después de comer. Seguramente después de verlo me habré convertido en un caso perdido.

–¿Quieres que cancele todas tus citas de la tarde?

–¡No!

–¿Hay algo que pueda hacer? –la voz de Kel sonó preocupada.

–Sólo sé listilla y haz que todo siga funcionando con normalidad.

–No te preocupes por nosotros –dijo Kel–, sino por ti.

Mientras deslizaba el móvil en el bolsillo, a Abigail le empezaron a temblar las manos otra vez. Compulsivamente, empezó a recorrer el granero arriba y abajo, ordenando arreos que no necesitaban ser ordenados, colocando botellas y cepillos en los estantes, intentando sentir que controlaba algo. Asió una escoba y empezó a barrer el pienso que Coco había dejado caer del saco al agarrarlo con los dientes.

Coco se le acercó y bajó la cabeza casi a modo de disculpa. Era su manera de pedir su festín favorito, una mezcla de avena y melaza.

–Hoy no, ¡no después del desastre que has formado!

Apoyando la escoba contra la pared, Abby empujó la carretilla llena de paja sucia hasta una pequeña colina donde la vació antes de dirigirse a la casa. Coco, que la adoraba, la siguió con la esperanza de que le prodigase una caricia o algo de comida, pero Abby estaba demasiado absorta como para notar su presencia.

¡Embarazada! De Leo….

A pesar de haberse hecho las pruebas de embarazo hacía una semana, tres en total, seguía sin poder creerse el lío en que andaba metida. Era una mujer de negocios, una empresaria con cuarenta empleados, dueña de su propio rancho. Digamos que de un rancho pequeño, pero aun así... ¡era la capitana del barco! Incluso si éste navegaba directo hacia las rocas.

Se sacó el teléfono del bolsillo, buscó rápidamente el número de Leo y lo marcó. De nuevo volvió a escucharlo sonar hasta que saltó el buzón de voz. Él seguía negándose a contestarle, así que cerró el móvil y echó a andar.

¿Acaso era una novedad? Ella lo había visto comprobar sus llamadas, así que le resultaba fácil imaginárselo viendo su nombre en pantalla, tensar la mandíbula y volver a guardar el móvil aún vibrando en su bolsillo.

¡Con las ganas que tenía de que ella le llamase tan sólo hacía dos semanas...! Hasta que lo acusó de acosarla. Se había enfadado mucho, pero la había llamado y, aunque ella no había contestado al teléfono, él había dejado un mensaje.

–¿Que te estoy acosando? ¿Es eso lo que piensas? Pensé que estabas avergonzada y recelosa porque aquella primera noche llevamos nuestra relación demasiado lejos y todo fue demasiado deprisa –le había dicho–. Esperaba convencerte de que creo que eres excepcional, como persona quiero decir, y que mi intención era ir un poco más despacio, pero si realmente quieres que te deje en paz, lo haré. Si no me llamas hoy, se acabó. Se acabó del todo.

Ella no lo conocía muy bien, pero imaginaba que era un hombre coherente con sus palabras. Era ridículo que ahora se sintiese tan abatida al ver que no le contestaba. Estaba convencida de que todo lo que él quería era más sexo salvaje y desinhibido. ¿Es que no había sabido valorar la intensidad de su interés? ¿Acaso él quería algo más de lo que ella había pensado?

En cualquier caso, en cuanto se negó hacer exactamente lo que él quería, la abandonó de inmediato. Como su madre y su padre... después de la desaparición de Becky, su hermana gemela. Abigail apartó ese pensamiento. No le gustaba pensar en su hermana o en el hecho de no haberle importado nunca demasiado a ninguna persona.

Inspiró bruscamente. El día anterior, después de llamar a su secretaria, había guardado la tarjeta de Leo en el tocador, debajo de la ropa interior. Con los puños apretados se dirigió con decisión hacia la casa. Tenía que recuperar la tarjeta y volver a llamar a su oficina. Luego introduciría la dirección en el GPS e iría a verle.

Dejó que la puerta se cerrase de un portazo tras ella y se apresuró a entrar en la cocina a lavarse las manos antes de ir a su habitación.

Se tomó su tiempo en el fregadero. ¿Por qué lo había dejado ligar con ella aquella noche en el bar? ¿Por qué había ido allí sintiéndose tan sola, rechazada y vulnerable después de que Shanghai la dejase por Mia Kemble?

Y, sobre todo, ¿por qué había salido con Shanghai, un jinete de rodeo que nunca había mostrado especial interés por ella?

De nada servía hacerse aquellas preguntas. Estaba dolida, así que tuvo una noche de sexo salvaje con Leo Storm. Y a resultas de aquello, el siguiente pantalón vaquero que comprase iba a tener una banda elástica en la cintura.

¿Se había puesto preservativo? No estaba segura. Excepto por algún escaso recuerdo vergonzosamente caliente, aquella noche se había convertido en algo borroso y confuso.

Una vez en su dormitorio, abrió el primer cajón del tocador y empezó a revolver la ropa interior: la tarjeta no estaba allí. Al levantar la vista se encontró con el reflejo de una mujer pálida y delgada con ojos culpables y mechones enmarañados color caramelo sobre los hombros. Se enderezó, metiendo barriga.

Aunque los pantalones no le abrochaban, no se le veía hinchada en absoluto... por el momento. Aun así, sólo de pensar en cómo iba a estar en el futuro le entró verdadero pánico.

Muy pronto iba a tener que contárselo a los empleados. Temblando más fuerte aún, cerró los ojos y tiró del segundo cajón con tal fuerza que éste cayó al suelo. Se arrodilló y empezó a abrirse camino entre camisones y camisetas.

No quería volver a pasar en la vida una semana

como la anterior. Tras visitar al médico, Abigail se había dado cuenta de que no podía atravesar sola aquella situación... o ponerle fin, como Kel le había sugerido. Así que si Leo pensaba que podía jugar al estúpido Sr. Ejecutivo, darle un ultimátum y luego largarse... igual que todo el mundo se había largado de su vida... bueno... al menos recibiría primero una buena reprimenda.

Mientras abría el tercer cajón, la imagen de su madre haciendo las maletas y diciéndole que dejaba a su padre, y a ella, la entristeció.

Abby no sabía mucho de bebés, pero lo suficiente como para entender que su hijo querría al menos que le contase lo del embarazo a su padre.

Sospechaba que Leo se había estado quedando en San Antonio y evitando el Little Spur, que era el rancho que tenía a medias con su hermano Connor, situado junto al de ella y al Rancho Buckaroo, propiedad de Shanghai. No lo había visto a él ni a su camioneta negra en el Little Spur desde su ultimátum, y eso que últimamente se había estado fijando. «Pues muy mal, ejecutivo ricachón sabelotodo. Mejor no te hubieses desabrochado el pantalón».

Lo último en que quería pensar era en aquella noche en el bar en el que tras un fogoso baile había acabado tan excitada como él. La había besado, por segunda vez, introduciendo la lengua en su boca y deslizando las manos por su cuerpo, acariciándola, poseyéndola... y ella se había derretido como la miel.

Luego en el ático que él tenía en el centro de San Antonio, ella se había subido a la mesa del comedor y se había ido quitando la ropa. Y a la mañana siguiente, al despertarse junto a su cuerpo bronceado y desnudo, sólo había deseado escapar de él y olvidarlo.

Le horrorizaba tener que volverlo a ver. Seguramente iba a proponerle las mismas opciones que Kel.

–¿Para qué molestarse en decírselo? –le había dicho ella–. Arréglalo tú. En una semana te habrás olvidado de todo.

–Tú no tienes mi memoria, Kel.

Hay cosas que nunca se olvidan.

Abigail no le había contado nunca la tarde en que dos gemelas idénticas de ocho años de edad se habían internado en un sendero siguiendo a un pavo en las Montañas Franklin. El sol se estaba poniendo. El rostro pícaro y delgado de Becky estaba encendido y su pelo brillaba como el fuego.

–¡Espera! –le había gritado Becky–. ¡Espérame!

Abigail le había contestado:

–¡No! ¡Vamos! –y luego se había girado esperando que su gemela la siguiera como solía. Pero aquella fue la última vez que vio a su hermana.

Abby abrió el último cajón. Todavía soñaba con Becky y ahora soñaba también con su hijo. Nunca había querido volver a formar parte de una familia y exponerse a más sufrimientos, pero no estaba dispuesta a deshacerse del bebé. Y menos sabiendo lo sagrada que es una familia, si tienes la suerte de tenerla, y lo fácil que es cometer errores irreparables.

No pienses en Becky.

La mano de Abigail se cerró sobre una tarjeta. No era la de Leo, sino una postal navideña... de su padre.

El dinero, cincuenta dólares que él había metido despreocupadamente en el sobre como regalo de última hora, todavía seguía allí. No pasó las Navidades con ella. Su único regalo había sido la postal con esa única frase y le había llegado con dos semanas de retraso, mucho después de haber perdido la esperanza de que él se hubiese acordado de ella por Navidad.

Durante un segundo, recordó las últimas Navidades antes de la desaparición de Becky. Ambas hermanas se habían compinchado para que sus padres no supiesen que ya no creían en Papa Noel. Le prepararon galletas y colocaron pequeñas tazas rosas llenas de leche cerca de la chimenea.

Un oscuro sentimiento de soledad se apoderó de ella y se abrazó el vientre. De niña, nunca se había sentido sola porque tenía una gemela, alguien con quien compartirlo todo. Ambas habían ido a clases de ballet con idénticas medias y tutús color rosa.

No pienses en Becky.

Abby metió temblando la postal bajo sus jerséis. Se apartó el pelo de los ojos. Había algo que sí sabía: hiciera lo que hiciese Leo, pensaba amar a su hijo con todo su corazón. Aunque en aquel momento todo parecía ir mal, es posible que aquélla fuese su segunda oportunidad.

Finalmente dio con la lujosa tarjeta de Leo. Alzándola, contempló su nombre impreso en negrita. Temiendo su tono grave y condescendiente, tragó saliva, sacó el teléfono y marcó el número de su oficina antes de que el miedo pudiese con ella.

–Golden Spurs. Oficina de Leo Storm. Mi nombre es Miriam Jones. ¿En qué puedo ayudarle? –aquella voz fría y seria que tanto le había molestado el día anterior seguía siendo tan impersonal como de costumbre.

–Necesito ver al señor Storm. Esta misma mañana. Es urgente.

–El señor Storm organiza sus propias citas y le aseguro que son muy escasas. Hoy se encuentra bastante ocupado. Quizá pueda enviarle un correo electrónico indicando las razones por las que necesita verlo.

–No... ¡nada de correos electrónicos!

–¿Me dice su nombre, por favor?

Se lo dio, igual que el día anterior. Hubo una larga pausa. Luego, la fisgona de la secretaria hizo unas cuantas preguntas antes de excusarse para consultarlo con Leo. La voz de la mujer, más fría que nunca, volvió a oírse casi de inmediato. Aquella bruja entrometida era de lo más eficiente.

–Dice que no puede verle y que usted entenderá el porqué.

–¿Cómo? ¿Le dijo que era algo urgente?

–Sí, lo mismo que ayer –otra larga pausa para que asumiera lo que le había dicho–. ¿Puedo ayudarla en alguna otra cosa, señorita Collins? –preguntó con educada frialdad.

–¿De veras le ha dicho que era urgente?

Cuando Abigail quiso darse cuenta, la mujer se había despedido y le había colgado el teléfono.

Nerviosa, Abby pulsó el botón de rellamada y antes de que la secretaria pudiese pronunciar palabra, le espetó:

–¿Cuál sería la hora más conveniente para verle esta mañana?

–Ya le he dicho que el señor Storm ha dicho...

–Usted no lo entiende y él tampoco. Tengo que verle. Arréglelo.

–Eso podría llevarme horas. Y aun así, no puedo prometerle...

–¡Hágalo!

–Ha pasado los últimos cuatro días en el Golden Spurs en el sur de Texas, seguramente tendrá mucho trabajo atrasado. Y... mucho me temo que dejó muy claro que no quería...

Abigail cerró de golpe la tapa del teléfono. Recogiendo del suelo un puñado de ropa y unos tacones, se metió en el baño. Cinco minutos más tarde, apareció más o menos presentable, con el pelo recogido en un moño y vestida con un pantalón negro suelto y un top azul de punto. Echándose una chaqueta negra sobre un brazo y el bolso sobre el otro, empujó la puerta de la casa y corrió hacia su Lincoln blanco.

Coco levantó la vista y relinchó expectante, pero Abby pasó de largo.

Tenía que contárselo a Leo, quisiera o no escucharlo.

Esperaba arruinarle el día, la semana y el resto de su vida del mismo modo en que él había arruinado la suya.

Capítulo Dos

Dos de las paredes de las impresionantes oficinas de Leo Storm estaban decoradas con enormes pinturas y fotografías del mundialmente famoso Rancho Golden Spurs, situado a trescientos veinte kilómetros al sur de San Antonio. Un tercer muro con grandes cristaleras ofrecía vistas al sinuoso río San Antonio, flanqueado por cipreses y edificios. Pero Abby no se dejó impresionar por la opulencia del lugar ni las espectaculares vistas mientras escribía una nota para Leo y la doblaba una y otra vez hasta convertirla en un diminuto trozo de papel.

Al entrar se había sentido nerviosa, pero en aquel momento estaba asqueada porque llevaba sentada allí una hora viendo cómo su secretaria la ignoraba intencionadamente y hacía pasar a todo el que entraba después que ella. El último había sido un viejo ranchero que no parecía muy contento.

Intentó sin éxito distraerse contemplando las oficinas. Las enormes fotografías mostraban vaqueros, pozos de petróleo, manadas de reses y la legendaria casa en que la familia Kemble, familia para la que Leo trabajaba, había recibido a reyes, presidentes y, últimamente, a jeques árabes. Ella había estado allí... una vez. Los óleos del siglo XIX eran en su mayoría escenas de vaqueros e indios americanos, aunque siempre aparecía el inevitable y típico paisaje montañoso texano de robles y altramuces.

Abigail volvió a mirar con impaciencia a la secretaria pero, obviamente, aquella larguirucha pelirroja de boca apretada removía papeles fingiendo ignorarla.

Consultó su reloj y luego dirigió la mirada a la fotografía de la enorme casa. Había estado allí una vez, pero no recordaba nada de aquella visita.

¡Maldito sea! Leo estaba en deuda con ella. Al fin y al cabo, él le había arruinado la vida ¡y no estaba dispuesta a seguirle el juego! Miró su reloj. Si no hacía algo, no conseguiría verlo jamás.

Levantándose de la silla, se acercó presurosa a la secretaria para suplicarle por cuarta o quinta vez y la pelirroja, que claramente estaba perdiendo la paciencia, arrugó la frente y frunció la boca.

–¿Sí, señorita Collins?

–¿Podría pasarle esta nota... por favor?

La mujer arqueó las cejas y entrecerró los ojos estudiando aquel papel doblado. Finalmente se levantó sin decir palabra. Abigail la vio caminar apresuradamente a lo largo de un amplio vestíbulo y abrir la puerta del despacho. Pocos minutos después repitió sus andares estirados, haciendo ruido con los tacones de vuelta a su mesa. Entonces giró la silla y se sentó.

–¿Y bien? –dijo Abby.

La mujer sacudió la cabeza:

–El señor Storm dice que lo lamenta mucho, pero que estará ocupado todo el día. Ya le advertí que era una pérdida de tiempo, que lo mejor era enviarle un correo electrónico. Me dijo que le recordase que fue usted la que decidió romper su relación con él.

¿Cómo? ¿La culpaba y humillaba al mismo tiempo?

Abby se sintió rabiosa y avergonzada. ¿Cómo se atrevía a humillarla deliberadamente?

¿Relación? ¿Desde cuándo tenían una relación?

Aguantó las ganas de gritar.

–Tengo que verle –repitió con suavidad–. Es importante.

–Lo siento.

Estaba claro que no lo sentía. Seguramente había leído en algún manual que no debía reaccionar ofensivamente ante un enfado. Violenta a causa de Abby, la mujer bajó la vista.

–Ya le he repetido varias veces que es urgente.

–Y yo le he dicho a usted que él ha dicho que no puede recibirla.

Abigail notó que estaba perdiendo la paciencia.

–¿De veras? ¿No puede o no quiere?

Oyó unas fuertes pisadas a sus espaldas y, al girarse, vio dos hombres altos y fornidos que se dirigían hacia ella. Parecían policías. La determinación de sus pasos y sus miradas la alertaron y aterrorizaron al mismo tiempo.

La secretaria leyó su mirada.

–Lo siento de veras, pero me dijo que quería que abandonase el edificio. Mucho me temo que ha llamado a seguridad. Ellos la acompañarán...

¡Al cuerno! Abigail empujó a la mujer y corrió hacia el despacho de Leo.

Los hombres empezaron a gritar su nombre y echaron a correr detrás de ella mientras la secretaria gritaba:

–¡Espere! ¡No puede entrar ahí!

Abigail abrió de golpe la puerta, entró en el despacho y la cerró de un portazo tan fuerte que se le saltaron las horquillas del moño y cayeron desparramadas sobre el pulido suelo de roble.

–Puede que muchos te admiren por ser el director ejecutivo de Golden Spurs, pero yo te conozco muy bien. Eres un canalla frío y despiadado –Mike Ransom tuvo que elevar la voz debido a los gritos que se oían tras la puerta.

Leo podía oír la voz de Abby, y se enfadó consigo mismo al ver que su sola presencia le inquietaba. Seguramente habían llegado los de seguridad, pero no parecía que hubiesen logrado echarla. Ella le había dejado bien claro que salía con vaqueros: sólo vaqueros y en relaciones cortas; que él no le gustaba y que los tipos como él eran serios, aburridos y avariciosos. Así que, ¿qué demonios quería de él ahora?

–Trabajo todo el día con aburridos urbanitas como tú que sólo piensan en hacer dinero –llegó a decirle en una ocasión–. Lo último que me apetece es salir con ellos de noche cuando lo que busco es un poco de diversión.

¿Y por qué entonces había roto esa norma y se había acostado con él? Y lo que es más importante: ¿por qué había roto él mismo la norma sagrada de no mezclar nunca los negocios con el sexo? La junta directiva del Golden Spurs lo había contratado para encontrar a la gemela desaparecida hija del fallecido Caesar Kemble. Y él a su vez había contratado a su hermano Connor, especialista en seguridad, para que la buscara. Connor lo había dejado atónito al informarle de que era muy posible que su propia vecina, Abigail Collins, y su gemela desaparecida fuesen las herederas de Golden Spurs.

Aquella noche, Leo había seguido a Abigail hasta el bar para obtener una muestra de ADN, no para acostarse con ella. La botella de cerveza que había metido en una bolsa probó que era una Kemble.

Hizo enormes esfuerzos para concentrarse en Mike Ransom. Al anciano se le veía débil y cansado. A pesar de sus bravatas, tenía los hombros delgados y caídos y la tela de la chaqueta le colgaba como las alas rotas de un murciélago.

La brusquedad y la actitud agresiva de aquel hombre no habían desaparecido con el tiempo y Leo contuvo unas punzadas de admiración y lástima:

–Si soy un canalla, el mundo te lo debe a ti.

–Nunca vendería el Running R, ni por el doble de lo que ofreces. Y mucho menos a ti.

–No tienes elección. Igual que yo no la tuve cuando me echaste del Running R por dejar embarazada a Nancy cuando tenía dieciocho años y aún no era nadie.

Curiosamente, Leo no se sentía tan feliz como pensaba ahora que habían cambiado las tornas entre los dos.

El alboroto que Abby estaba provocando fuera iba en aumento. Aquello no tenía buena pinta.

Leo deseaba pasar corriendo por delante de Mike y arreglárselas él mismo con Abigail, pero se obligó a permanecer en el despacho.

–Se trata de venganza, simple y llanamente –dijo Ransom, que seguía mirándolo con mala cara. Ni siquiera quieres el rancho. Haces esto sólo porque sabes que lo adoro y quiero que Cal y Nancy lo hereden en el futuro... y porque nunca has superado...

No, no había superado que Nancy se negara a casarse aun estando embarazada porque él no tenía dinero ni hogar. No, no había superado el matrimonio de Nancy con el hijo de Ransom, Cal. No, no había superado el hecho de haber perdido a su hija. No, sabiendo que Ransom era el culpable.

–Puedes pensar lo que quieras...

Leo habría dicho más cosas. Llevaba años esperando aquel momento. Se había mentalizado para hundir a Ransom en un enfrentamiento frío y despiadado.

De pronto oyó unos pasos que se acercaban corriendo y entonces la puerta se abrió y se cerró de un portazo. Leo se levantó de un salto al ver que Abigail echaba el cerrojo a su santuario y se giraba hacia él con el pelo dorado y oscuro cayendo sobre sus hombros como una cortina de seda.

–¡Fuera! –le gritó, acordándose de cuando posó las manos en aquel pelo para acercarla hacia él y besarla. El recuerdo logró acalorarle.

Paralizada, ella lo miró con ojos asustados mientras intentaba recomponerse el peinado. Tenía la cara preocupantemente delgada y pálida.

Recordó cómo ella lo había mirado tras aquel primer beso, con las pupilas dilatadas de pasión. Pero ahora unos círculos azul oscuro rodeaban sus ojos castaños. Excepto por el azul fuerte de su top y todo aquel pelo color caramelo que le caía en desorden sobre los hombros, su apariencia era tan remilgada como la de una profesora de escuela con chaqueta y pantalón.

Se agachó a recoger algunas horquillas del suelo y se rehizo el moño, lo que le otorgó un aspecto mucho más serio. Él recordó lo atractivo de su indumentaria aquella noche en el bar. Aun así, a pesar de la sorpresa de Ransom y el intento de ella por parecer recatada y formal, su mirada angustiada y condenatoria le escoció al tiempo que le atrajo. Sintió el cuerpo tenso y caliente aun teniendo los ojos fríos de Ransom clavados en él.

Mierda. Tenía que deshacerse de ella. Le había dejado bien claro que el sexo con él había sido un error y que lo despreciaba a él y la gente de su calaña. Y no sólo por haberla seducido, como dijo, lo que era para echarse a reír si es que tenía gracia.

Desde que se escurrió de sus brazos y huyó sin decir adiós lo había estado mandando a paseo de distintas formas. Pero ella lo había deseado tanto como él. Luego tuvo la cara de decirle que incluso había estado imaginando que era Shanghai quien estaba con ella aquella noche. Y el colmo había sido escuchar cómo lo acusaba de acoso. Así que podía perderse, porque pasaba de ella.

No estaba dispuesto a admitir que aquella noche había abierto unas puertas a su corazón que llevaban cerradas desde que Nancy, Cal y Mike Ransom le arruinaran la vida siendo poco más que un crío.

–Estoy ocupado –dijo–. Estás interrumpiendo una reunión importante.

–¡Créeme, yo tampoco quiero verte! Pero como le dije a tu secretaria, ¡es urgente! Te juro que no tardaré mucho –susurró con voz cascada–. Tengo que hablar contigo. Y después de escucharme, no tendrás que volver a verme nunca más.

«Yo tampoco quiero verte». Sus palabras y su tono resentido resultaban cortantes, pero sus ojos ensombrecidos lograron alarmarle. ¿Qué le pasaba?

Con gran esfuerzo, reprimió su preocupación y su curiosidad, manteniendo fríos la mirada y el tono de voz.

–Estoy ocupado, como puedes ver.

–Ya no, no lo estás. Me voy –gruñó Ransom–. Este canalla es todo tuyo, cariño. Que lo disfrutes –pronunció esta última frase en tono sarcástico y lanzó a Leo una mirada asesina antes de girarse. Luego abrió el cerrojo de la puerta y salió dando un portazo.

Aprovechando aquella oportunidad, los dos guardias de seguridad se abalanzaron contra la puerta, pero Abigail fue más rápida y volvió a echar el cerrojo. Luego se apoyó en ella temblando mientras los guardias la aporreaban del otro lado.

Tenía el rostro lívido, y la ausencia de brillo en sus ojos empezó a asustar a Leo. Estaba muerta de miedo. Tragó saliva, o al menos lo intentó.

Le dieron arcadas y gimió. Entonces, tapándose la boca, avanzó tambaleándose hacia la mesa. ¿Estaba acaso gravemente enferma?

Leo se asustó al ver los ojos de Abigail llenos de pánico. Con una mano cubriéndose la boca y la otra sobre el estómago, se arrodilló y empezó a sufrir arcadas aún más fuertes. Durante un largo minuto estuvo emitiendo horribles sonidos agarrada a la papelera.

–¿Qué demonios te pasa?

Finalmente, cuando ella levantó la cabeza y vio su mirada de desesperación y su pelo otra vez revuelto y caído sobre los hombros recordó la cara pálida y aterrorizada de Nancy.

–¿No lo adivinas? –susurró Abby.

Y entonces lo supo.

Aun así, tenía que preguntarle:

–¿Náuseas matinales? –dijo en voz baja, deseando con todas sus fuerzas no estar en lo cierto.

Al verla asentir, el dolor descarnado que había en sus ojos le conmovió. Estremeciéndose, cerró los ojos y respiró hondo, intentando aclarar su cabeza, pero aquello no funcionó. De pronto el aire se tornó irrespirable. O quizá era su corazón, que latía con demasiada violencia.

–Espero que no estés intentando endilgarme el hijo de otro... de Shanghai...

Ella se ruborizó y una lágrima se deslizó por su mejilla, haciendo que él se mordiese la lengua hasta hacerse sangre.

–Te odio –susurró–, creo que eres... que eres horrible.

Dios, tenía razón. ¿Cómo había podido decir tal cosa? Era la persona más detestable del planeta.

Cuando ella volvió a hablar, su voz se había endurecido:

–Es tuyo. Y desearía que no fuese así, créeme. ¡Yo tampoco quería volver a verte nunca más!

Sus pullas le afectaron.

–¡Hubieses preferido que yo fuese Shanghai! Incluso estando casado. Lo dejaste bien claro.

Ella ignoró aquel comentario:

–Existen pruebas que podrán demostrar que es tuyo... si no me crees. Como la del ADN.

Sintió una punzada culpable en el cuello. Sabía más que de sobra acerca del ADN.

–No será necesario –dijo Leo entre dientes–. Mira, lo siento...

–Tranquilo. No tienes por qué disculparte. Te odio tanto como yo te desagrado a ti.

–Muy bien.

Leo se pasó la mano por el pelo, contemplándola largamente mientras ella lo maldecía con su mirada. Cuando se enterase de toda la verdad, la razón por la que había ido al bar aquella noche, tendría más motivos para odiarle. Y si la junta directiva de Golden Spurs llegara a enterarse, aquello significaría el fin de su carrera.

Leo cruzó bruscamente el despacho y abrió la puerta de su baño privado. Abrió el grifo, humedeció una toalla con agua fría y llenó un vaso. Luego regresó al despacho y le ofreció a Abby la toalla y el vaso de agua.

–Siéntate, no vayas a marearte. Mójate la cara e intentaremos averiguar qué demonios vas a hacer ahora.

–¿Lo que voy a hacer yo? También es hijo tuyo –repitió débilmente.

–De acuerdo. Lo he captado.

–Pero no creías que...

–He dicho que lo he entendido, ¿vale? Es mío. Las verdades desagradables se asumen deprisa. Mira, esto es lo que vamos a hacer…

–No puedes mandarme. No trabajo para ti.

–Vas a tener un hijo mío.

–¡Se suponía que eras inteligente! ¿Es que no usaste preservativos? –le acusó.

–Sí, maldita sea. Varios.

Ella se ruborizó como si le avergonzara recordar que una única vez no había sido suficiente para ambos.

–No era el típico crío con prisas y locamente enamorado como para no pensar…

Así había sido una vez, a los dieciocho años, con Nancy. Con eso y con todo, ella le había hecho perder el control. Y no había ido a aquel bar por casualidad: sabía que iba a estar allí. Tenía algo muy importante que decirle.

Y algo muy importante que obtener de ella.

Fue mala suerte para ambos que ella estuviese tan atractiva y pareciese estar tan triste que él se descontrolase antes de cumplir con su objetivo.

Recordó cuántas veces lo habían hecho y cómo cada vez había sido mejor que la anterior. Recordó la forma en que ella gemía y sollozaba y se abría por completo, aferrándose a él con las piernas y los brazos hasta que lograba excitarlo de nuevo incluso estando dentro de ella. Se había sentido atractivo, fuerte y poderoso.

Recordó cómo ella lo había tomado entre sus labios, besándole hasta hacerlo entrar en una espiral suave y húmeda y llegar al clímax en su boca. Ella se había mostrado dulce, caliente y agradable. Había estado eufórico durante semanas y no había podido asumir que ella quisiera deshacerse de él y de lo que habían compartido entonces: algo muy perturbador, al menos, para él.

Como si pudiera leerle la mente, Abby se sonrojó:

–Yo... no recuerdo muy bien lo que sucedió aquella noche.

–Estupendo. Suerte que tienes. Ojalá yo pudiera olvidarte tan fácilmente a ti y a todo lo que ocurrió.

–Bueno, ahora el niño será un recordatorio constante.

–¿Entonces vas a tenerlo? –le sorprendió sentirse tan aliviado.

–Ni te atrevas a sugerir otra opción como hizo Kel, o yo... yo...

–Vale, vale... cálmate –se acercó a ella rápidamente y le puso las manos sobre los hombros.

Aquel contacto encendió algo salvaje y sincero en los ojos de Abby e, inmediatamente, el odio se asomó a su mirada. Leo sintió que el calor encendía cada una de sus terminaciones nerviosas. Como si quemara, ella saltó hacia atrás haciendo que, como de costumbre, él se sintiese dolido por su rechazo.

Relaciones imposibles con mujeres. ¿Eran acaso su especialidad? Pero ésta era peor, porque si no pensaba con rapidez, su carrera estaba acabada.

–Tranquilízate –murmuró, pero su voz sonó ahora intencionadamente amable–. Me alegro de que quieras tener a mi hijo.

–¿Tu hijo? –repitió ella, alejándose aún más.

Al ver que él asentía, Abby se mostró aliviada. Él reprimió su candor mientras ella se hundía lentamente en su silla. Debía tener presente que era tremendamente peligrosa en muchos aspectos. Se acercó a su asiento y ella se sentó en el suyo mirándole a través de la mesa como si estuviera en una nube.

–¿Qué vamos a hacer? –susurró ella finalmente–. Esto es muy difícil de asumir.

Por supuesto que lo era, mucho más complicado que lo que ella pensaba. Tendría que actuar antes de que ella adivinara que tenía todas las de ganar.

–Has tenido más tiempo que yo para hacerte a la idea. Mi secretaria te habrá dicho que tengo el día muy ocupado. ¿Por qué no vienes a casa esta noche a las siete? Buscaremos una solución.

–Yo... yo preferiría que nos viésemos en un sitio público.

–¿Por la noche? En ese caso tendrías que conducir sola de vuelta a tu rancho. ¿Me temes más a mí que a cualquier extraño que pueda seguirte de vuelta a casa?

–No tienes que preocuparte por mí. Estoy acostumbrada a vivir sola y a conducir sola a casa.

–Si vas a tener a mi hijo, ambos sois ahora mi responsabilidad.

Ella se indignó. Al ver cómo fruncía el ceño, él casi llegó a ver una docena de argumentos bullendo en aquel microprocesador que tenía por cerebro.

–Muy bien, olvida lo que he dicho. No quiero discutir contigo. ¿Pero tienes miedo de mí?

Ella sacudió violentamente la cabeza.

–¿Y por qué no querías volver a verme?

–No quería verte más porque eres prepotente, arrogante y no eres mi tipo.

–Claro. Prefieres a los jinetes de rodeo. A Shanghai Knight, para ser exactos –¿por qué se repetía? Porque aquella certeza le hacía daño, maldita sea–. Imaginaste que yo era él y desearías que el niño fuera suyo.

Ella no quiso mirarle a los ojos.

–Al menos, no te mentí sobre él.

–¿Ah, no?

Shanghai. Le ponía enfermo oír hablar de él. Molesto, casi sin saber lo que hacía, se levantó de la silla de un salto. Ella también lo hizo, pero la agarró de los brazos y la atrajo hacia él antes de que pudiese escapar. El calor del cuerpo de ella contra su torso y sus piernas le recordaron su suavidad húmeda y tentadora y las razones por las que le había sido imposible ajustarse a sus planes aquella noche en el bar. Provocó en él tal deseo que le hubiese llevado toda una vida satisfacerlo.

–¿Por qué me tienes tanto miedo? ¿Es que te hice daño? ¿Te he hecho daño alguna vez u obligado a algo que no querías?

Lo que había hecho era incluso peor: robarle una muestra de ADN sin que ella lo supiese y no decirle quién era en realidad. No había dudas sobre lo que ella haría cuando se enterase. Pero era mejor hacer cada cosa a su tiempo. Tenía que averiguar qué pensaba de él.

–No, pero...

–Pero me llamaste acosador...

La abrazó más fuerte y ella empezó a temblar.

Se sentía bien, muy bien. Olía a viento, a árboles, a flores silvestres.

–Lo hice sólo para que me dejases en paz.

–Y toda esa historia de Shanghai... ¿De veras estás enamorada de él, o sólo me lo restregabas porque no podías verme después de lo que pasó entre nosotros?

Ella no contestó, pero algo dentro de él se destensó un poco. Había detectado desde el principio los demonios que ella albergaba dentro y sabía mucho de demonios interiores, así que, como un tonto, se había compadecido. Tenía que dejarla ir, pero no podía.

–Si no me deseabas, ¿por qué entonces hiciste el amor conmigo una y otra vez?

–No lo sé, no consigo recordarlo.

–¿No? ¿Y no será que no quieres acordarte? ¿De verdad me odias tanto como dijiste?

–Pues... sí.

–Habla.

Mirándolo fijamente con sus enormes ojos castaños, ella intentó encontrar las palabras, pero no pudo.

De pronto él notó el pulso que latía en su garganta mientras intentaba tragar convulsivamente. ¿Lo deseaba... aunque fuera un poco? Recordó cómo había hundido el rostro en sus pechos. Lo suaves que eran. El sabor dulce de sus pezones. Las ansias con que ella lo había besado después.

–Vale, quizá no me odies del todo. Pero eso no quita que estemos metidos en un buen lío –le dijo.

Maldiciendo, se arrancó las gafas y apretó su boca contra la de él notando de nuevo su exquisito sabor... como la miel. Esperaba más resistencia por parte de ella, pero como un animal aterrorizado y exhausto tras caer en una trampa, ella se mantuvo completamente inmóvil. Finalmente, al ver que él no la soltaba y el calor de su cuerpo se filtraba a través del de ella, Abby se aferró a sus hombros y presionó sus labios contra los de él, abriéndolos para él.

Leo aflojó los brazos, y ni siquiera entonces ella aprovechó para escaparse, sino que deslizó lentamente la lengua y jugó con la suya mientras se apretaba con fuerza contra su cuerpo. No se apartó ni siquiera al descubrir que se encontraba totalmente excitado. Y cuando él se apretó contra ella, contuvo la respiración.

Gimiendo, arqueando intencionadamente la pelvis contra su erección, le rodeó el cuello con los brazos y luego le acarició las mejillas, enmarcándole el rostro mientras lo besaba una y otra vez.

Al instante, se vio envuelto por la dulzura, la pasión y la perfección instintiva de la noche en que ella yació en su cama y todo volvió a cobrar sentido. Con razón él no había sido capaz de creer que ella no lo deseaba. Con razón había insistido una y otra vez a pesar de recibir dolorosas negativas.

La forma en que ella había reaccionado a su beso y la excitación en él fueron inmediatas, instintivas y sinceras, a diferencia de las excusas que ella le había prodigado desde aquel día. La deseaba.

Al darse cuenta de la intensidad y complejidad de su deseo y el lío en el que estaba envuelto, se echó hacia atrás buscando poner entre ellos una distancia segura. Como si eso fuera posible.

Respiraba con dificultad, pero ella también. Aun estando embarazada, Leo se sentía igual de atraído por ella.

–A las siete en punto –masculló él–. En tu casa. Si prefieres que vayamos a un sitio público, te llevaré en mi camioneta.

–No tienes derecho a hacerte cargo de la situación.

–Como acabo de decirte, vas a tener un hijo mío. Creo que eso me confiere ciertos derechos.

–Justamente por esto, y por lo que acaba de ocurrir, no quería decirte nada. Te aprovecharás....

Pero a ella le había gustado... tanto como a él.

–Sin embargo, me lo has dicho. Así que te veré a las siete. A menos que prefieras que termine lo que empezó con ese beso... aquí en el sofá.

Abby contempló abriendo mucho los ojos el largo

sofá de piel. Inconscientemente, posó la punta del dedo en su labio inferior, gesto que encendió aún más a Leo.

–No...

Ella debió de percatarse del deseo que ardía en sus ojos y lo cerca que estaba de llegar hasta el final, porque se giró y se fue dando trompicones hacia la puerta. Al girar el pomo, comprobó aterrorizada que la puerta no se abría y empezó a golpearla con los puños.

Atravesando la habitación sin rozarla siquiera, Leo abrió el cerrojo.

–A las siete en punto –le susurró secamente al oído, haciendo que se sobresaltase, saliese apresuradamente por la puerta y pasase corriendo por delante de la secretaria y de los guardias que todavía la esperaban. Leo les indicó con un gesto que la dejaran ir.

Al contemplar el balanceo de sus caderas mientras abandonaba el vestíbulo, Leo empezó a sudar. Tenía que olvidar su deseo por ella y pensar. Seguramente iba a armarse un lío infernal cuando tanto ella como la junta descubriesen su verdadera identidad.

Pulsó un botón y le pidió a Miriam que reorganizase las citas que tuviese a última hora de la tarde.

Hundiéndose en la silla, la mente de Leo se trasladó a la tarde en que su hermano Connor había irrumpido en su despacho soltando sobre la mesa su cámara y varias fotografías de 10 x 15 en las que aparecía su guapa vecina montando a pelo su yegua.

–Estoy convencido de que Abby es una de las gemelas perdidas, pero necesitamos una prueba de ADN que lo confirme –le había dicho.

–¿Abby?

–Como te he dicho, no lo sabremos con seguridad hasta que consigas una muestra de ADN.

–¿Yo? Tú eres la eminencia en seguridad.

Connor no tardó en convencerle de que sólo tenía que invitarla a un café y guardar luego la taza.

Leo la llamó una tarde a la oficina para quedar con ella y le dijo a su secretaria que era el vecino de Abby. Kel le mencionó de pasada el lugar en el que Abby y ella iban a tomar algo aquella noche. Él se había presentado en el bar y había conseguido allí la muestra.

Una semana después de acostarse con Abby, Connor le había llamado para decirle que el ADN coincidía. Abigail era una de las herederas del Golden Spurs, lo que significaba que su desaparecida hermana Becky era la otra.

Abigail era la última mujer con la que debía haberse acostado. Si no encontraba un modo de tornar las cosas a su favor, aquel embarazo iba a costarle absolutamente todo.

Capítulo Tres

Leo se sentó frente al ordenador, ajustó la *webcam* y movió el ratón. Mantenía la firme convicción de que, cuando las cosas se ponen feas, la mejor defensa es siempre un buen ataque.

De modo que, ¿a quién recurrir si no a su hermanito? Varios clics de ratón más tarde, la mandíbula cuadrada de Connor y sus anchos hombros llenaban la pantalla de Leo. Ambos se saludaron y luego Connor, que obviamente estaba teniendo un día mucho mejor que el de su hermano, se reclinó en la silla y le lanzó su característica sonrisa de donjuán.

Connor apartó un rubio mechón de sus ojos azules. Había puesto a Leo en más de un aprieto jugando a ser el hermanito malo y no siempre fue de trato tan fácil como en aquel momento indicaba su sonrisa. Más de una vez había mostrado su lado oscuro.

Leo, que lo había criado después de que Mike Ransom los echase del rancho Running R, y no precisamente por culpa de Connor, había sacado a su hermanito de muchos apuros antes de que un desagradable altercado con la policía acabara por convencerle de que lo más prudente era mantenerse del lado de la ley. Connor se había alistado en el ejército, había servido en Afganistán, se había casado y había enviudado.

Leo fue directo al grano:

–¿Cómo es que todavía no has encontrado nada sobre Becky Collins? ¿Te has dormido en los laureles o qué es lo que pasa?

–Tengo a mi mejor agente en el caso, pero por el momento... nada. Es como si se hubiese desvanecido en el aire en aquel parque de El Paso. No sé de ti desde que te envié los resultados de la prueba de ADN que confirman la verdadera identidad de nuestra atractiva vecina. ¿Cómo reaccionó cuando le diste la noticia?

Un contraataque certero. En eso, los hermanos pequeños son especialistas, especialmente aquéllos con talento para convertirse en detectives y que además son dueños de una enorme empresa de seguridad con sucursales en algunas de las ciudades más importantes de Texas. Podría incluso decirse que Connor era más rico que él. Algo en lo que a Leo, competitivo hasta la médula, no le gustaba pensar mucho.

–No se lo he dicho –confesó Leo irritado–. Todavía no.

–Hace semanas que la encontré. Y hace una semana que te envié los resultados de la prueba. ¿Qué demonios estás esperando?

–Es bastante complicado.

«Y más que se está complicando».

–Estabas entusiasmado cuando te entregué el informe.

–Sí, lo estaba.

–Dijiste que, si el ADN probaba que yo tenía razón, lo primero que ibas a hacer era contárselo.

–Ésa era mi intención –Leo frunció el ceño, molesto con el interrogatorio–. Cuando la conocí aquella noche, estaba todavía despechada porque Shanghai, nuestro vecino, la había dejado para casarse con Mia Kemble.

–Mia Kemble del rancho Golden Spurs; su famosa hermanastra, ¿o es su prima?

–Prima. Sólo que Abby no sabe quién es en realidad.

–Lo que me da la razón. ¿Y por qué entonces no le dijiste nada?

Lo estaba intentando cuando ella lo acusó de acoso.

–Aquella noche estaba muy vulnerable... y en una actitud algo autodestructiva. No pisó el freno, y yo tampoco. Tardamos poco en intimar.

–Normalmente no antepones el placer a los negocios.

–Por desgracia, aquella noche no.

–¡No me digas que te acostaste con ella!

–No me acosté con ella –repitió Leo como si lo citara de memoria. Podría haber engañado a cualquiera menos a su hermano, que tenía la extraordinaria habilidad de olfatear las mentiras.

La sonrisa de Connor se tornó en algo más peligroso y se inclinó hacia delante:

–No repitas mis palabras como un tonto. Dilas como si fuesen lo que realmente quieres decir.

–Ojalá pudiese. Demonios. Obtuve la muestra de ADN sin que ella lo supiese y, lo que es peor, está embarazada. He quedado con ella esta noche para decidir qué es lo que vamos a hacer.

Connor silbó.

–¿Has dejado embarazada a la heredera perdida del Golden Spurs que me encargaste buscar? ¿Cómo crees que reaccionará la junta?

–Favorablemente, si adivino cómo arreglar esto...

–¡No lo hagas, Leo! ¡Esta vez no! No lo compliques –Leo no contestó–. ¡Leo! Será mejor que me escuches. Por una vez, mantén a raya tu maldita ambición y diles la verdad a la junta y a ella. Es tu hijo. No querrás echarlo todo a perder como hiciste la última vez, ¿verdad?

–¿Cómo la última vez? ¿Has olvidado el modo en que Mike Ransom y Cal nos echaron del Running R cuando Nancy se quedó embarazada, seguramente porque ellos siempre habían ambicionado el rancho familiar de Nancy? ¿Y de cómo la convencieron para que se casara con Cal y no conmigo porque ellos podían hacer mucho más por el niño? Por la pequeña Julie –se corrigió. Tragó saliva al recordar a Julie. Su hija de ojos oscuros se había convertido en una adolescente rebelde, una esbelta niña-mujer a la que apenas conocía y que además lo odiaba.

–No, no lo he olvidado. Pero no querrás que vuelva a repetirse, ¿verdad? Mira, sé por lo que has pasado. Pero también conozco este tipo de situaciones. La gente se mete en líos terribles cuando se guarda secretos u oculta estas cosas. Todo acaba yéndose de las manos.

–No voy a prometerte nada. Sabes tan bien como yo que actuar con honestidad me trajo muchos problemas. Tantos que lo perdí todo: a Nancy, a Julie... y casi a ti. Pensé que nunca llegaría a superar aquello.

–No fue culpa tuya que disparatase un poco después de la muerte de mamá, cuando estábamos los dos solos y tú te pasabas el día trabajando.

–Puede que sí lo fuese. Tenía que haberte prestado más atención. Y no haber dejado que Cal adoptase a Julie. Debía haber luchado más por formar parte de la vida de mi hija.

–Tienes que olvidar... igual que yo.

–Tú no eres como yo, hermanito. Si Ransom no me hubiese echado del Running R dejándome sin dinero para la universidad, igual Nancy no me habría abandonado por Cal. Y eso es algo que no puedo olvidar.

–Alabado sea el Señor. Estás nadando en el éxito y todavía quieres la cabeza de ese viejo clavada en una estaca.

–Tiene gracia: Mike Ransom vino hoy a mi despacho. Lo tenía en la palma de la mano, pero en lugar de estrujarlo, lo dejé marchar.

–¡Bien por ti! Después de todo, es el único abuelo vivo que le queda a Julie.

–¡No! La única razón por la que se me escapó es que se presentó Abigail, y parecía angustiada y enferma. Empezó a darme lástima, y entonces soltó la bomba.

–Dios se comunica con nosotros del modo más extraño. ¿Por qué si no crees que ella apareció justo en ese momento... y embarazada? Quizá para darte la oportunidad de dar gracias por lo que tienes y reconsiderar tu venganza. Ransom cometió un error hace muchos años. Y sí, fue duro contigo, pero todo el mundo comete errores. Ahora es un anciano y su mujer está enferma. El rancho ha pertenecido a su familia durante generaciones y, si le haces daño, se lo haces también a Julie.

–No quiero seguir hablando de este tema.

–Piénsalo. Bastantes problemas tiene ya Ransom. La vida encuentra el modo de hacernos pagar por nuestras faltas. Si utilizas a Abigail para satisfacer tu ambición, te arrepentirás.

Connor se despidió. Leo pulsó el ratón y la imagen en la pantalla desapareció. Se sentó y se quedó mirando su reflejo. Pasado un buen rato se levantó, se acercó al bar para servirse un whisky.

Por lo general, nunca bebía durante el día, y nunca en la oficina. El líquido le abrasó la boca y la garganta. Esperaba que el licor amortiguase su dolor, pero como no lo hacía miró la botella con ganas de servirse otro trago.

No. Ya había visitado aquel infierno. Siempre es mejor enfrentarse al dolor, mantener el control.

En lugar de eso, abrió el primer cajón de su mesa y sacó el archivo con el nombre de Abigail que su hermano le había arrojado triunfalmente hacía seis semanas.

Sobre la mesa cayeron varias fotos de Abigail hechas con teleobjetivo en las que aparecía montando a Coco, su yegua. Allí estaba también el análisis de ADN. Él le había dicho a Connor que era una coincidencia tremenda que el rancho de Abby estuviese junto al de ellos y al de Shanghai Knight.

–Es más que una coincidencia –le había contestado sonriendo su reformado hermano con seguridad condescendiente. Es un auténtico milagro. Definitivamente, Dios tiene un plan.

–No creo en milagros ni en planes.

–Algún día lo harás. Puede que antes de lo que piensas.

Leo se acercó a la estantería y tomó la foto de Julie. La había llamado en su último cumpleaños y ella se había negado a hablar con él. Nancy le dijo que cada día se parecía más a su padre.

Julie era ya una adolescente... casi de la edad que

él tenía cuando dejó embarazada a Nancy. Tenía muy mala disposición para los estudios. Decía que no quería ir a la universidad, que sólo quería salir con sus amigos, que por otra parte eran de lo más desagradables. Quería hacerse un tatuaje y varios *piercings*. Llevaba ropa ajustada y demasiado maquillaje. Nancy decía que era porque intentaba llamar la atención y Cal que era porque se sentía abandonada por su padre biológico. Pero ¿qué podía hacer él si Julie se negaba a verle o a hablar con él por teléfono?

Nunca había desempeñado un gran papel en su vida, así que, a efectos prácticos, su padre era Cal. Y ahora que se estaba haciendo mayor, Leo se arrepentía de haber dejado que su hija se escabullera. En resumidas cuentas: ¿hasta dónde pensaba llegar para evitar que algo así volviese a sucederle?

«Hasta el final», pensó. Hasta el final. Haría todo lo que hiciera falta.

«Sólo un minuto más...».

Las sombras de los robles y los pinos se extendían sobre el camino de grava y las zonas de frondosa hierba donde pastaba Coco. Debían ser cerca de las siete. Podía seguir tumbada allí horas, pero Leo Storm no parecía muy paciente y hacerlo esperar sólo iba a empeorar las cosas. Aun así, no se levantó. La suave brisa que acariciaba sus mejillas era deliciosa, y sentía que le pesaba el cuerpo tumbada sobre la espalda en aquel banco de fría piedra. El día había sido largo y tenso y aquél era el primer segundo que tenía para ella misma, sin contar los agotadores trayectos desde el rancho a San Antonio, de allí a Austin, y luego de vuelta a casa.

El tráfico había sido denso, nada comparable a aquel momento a solas bajo un árbol maravilloso.

El problema de su embarazo y tener que tratar con Leo le parecieron una nimiedad en comparación, hasta que lo escuchó avanzar torpemente entre los árboles, llamándola.

–¡Abby! ¡Abby!

Al escuchar su voz, se levantó de un salto quitándose una hoja del pelo.

–¡Aquí!

La intensidad de su mirada la hizo echarse a temblar antes de deslizarse de manera cómplice hasta su barriga, ruborizándola. ¿Le notaría el vientre un poco hinchado?

Se recordó a sí misma de pie sobre la mesa de Leo. Él se había quedado abajo viendo cómo se movía al ritmo de *Wild Thing* y se iba quitando el jersey rojo. Cuando se deshizo contoneándose de la ajustada falda vaquera, la fascinación de él por su cuerpo aquella noche la hicieron sentirse femenina, atrevida y extrañamente poderosa. Como la caja de Pandora una vez abierta, sus deseos se habían desatado y le iba a costar mucho contenerlos.

Él había seguido cada uno de sus movimientos. En cuanto se quedó desnuda, se acercó a la mesa, rodeó su cintura y la empujó hacia él de modo que el cuerpo de ella se deslizó a lo largo del suyo.

La retuvo así durante un largo instante. Luego besó sus cabellos, la inclinó lentamente sobre la mesa y la recorrió con la lengua hasta que ella pensó que iba a arder. Deseaba tener sexo desenfrenado y olvidar el daño que le habían provocado años de soledad. Pero él quería más y aquello la asustó.

«No pienses en aquella noche. No permitas que vuelva a acercase tanto jamás».

Era alto, de un metro noventa por lo menos, y fuerte. Ella sabía que él realizaba duras tareas en su rancho, y a menudo, cuando las vallas del suyo habían necesitado un arreglo y había pasado con el coche por donde él se encontraba trabajando en el Little Spur, había sentido cierta envidia. Le hubiese venido muy bien tener un hombre a mano para hacer ese tipo de trabajos.

Tenía la piel bronceada, sus facciones eran marcadas y tremendamente masculinas aun llevando gafas. Debía de haber ido a casa más temprano que de costumbre, porque había cambiado su traje y las gafas por unos pantalones vaqueros ajustados y una camisa azul de manga larga. Llevaba el cuello desabrochado y las mangas remangadas mostrando unos musculosos antebrazos.

De pronto, ella deseó haberse puesto algo más favorecedor, pero había llegado tan cansada que únicamente se había quitado la chaqueta.

La visión de su vello oscuro y sus brazos fuertes y bronceados le hacían sentir extrañamente débil. Tuvo que recordarse a sí misma que él era una persona seria y aburrida, que no era su tipo en absoluto, que prefería a los vaqueros y que, por supuesto, él se había aprovechado de ella.

«Tranquilízate. Sólo vas a hablar con él».

–Vi tu coche, así que llamé a la puerta –dijo–, pero al ver que no contestabas di la vuelta a la casa y encontré la puerta trasera abierta. Grité, pero no obtuve respuesta, así que decidí entrar, y al ver que no estabas por ninguna parte... –volvió a mirarla otra vez de aquel modo que revelaba su temor por ella–.

Bueno, ya no importa. Te he encontrado y me alegro de que estés bien.

Aquella preocupación evidente e incluso su enfado le gustaron, cosa que resultaba ridícula. No quería que se preocupase. Y sobre todo, no quería necesitar que él se preocupara. No tenía por qué gustarle nada de él, y menos ahora, después del lío tan terrible en el que les había metido a ambos.

–¿Has comido? –preguntó él.

«El hombre y sus apetitos; siempre quieren o sexo o comida».

Ella negó con la cabeza.

–Podríamos ir a la ciudad.

–Conduje mucho hoy y estoy bastante cansada. Podríamos limitarnos a hablar… y luego podrías marcharte.

–¿Pretendes librarte de mí lo antes posible?

–Creo que dejé muy claro que no podía haber nada entre nosotros.

–Excepto buen sexo... y ahora el bebé. Y eso es tener bastante en común, ¿no te parece?

–No es suficiente.

–Vale. Tregua. ¿Tienes cerveza? Ha sido un día muy largo.

–Y que lo digas.

Le sonó el teléfono y lo abrió, frunciendo el ceño al descubrir quién le llamaba.

–Lo siento, Connor, no puedo hablar ahora. Sí, estoy en su casa. No, todavía no. ¡Que no!

Enfadado por lo que su hermano pudiese haberle dicho, colgó bruscamente.

–¿Le has hablado a tu hermano... de lo nuestro?

–Sí. Le gustas, así que se lo conté. Me soltó un sermón. Piensa que es un milagro –la miró con ojos fríos y sensuales al mismo tiempo–. Pero no se lo he dicho a nadie más. Aún no.

–¿Te llevas bien con tu hermano?

–Bastante bien. Hemos pasado por muchas cosas juntos.

–Y el Little Spur es de los dos, ¿verdad?

–Pensamos que sería una buena inversión. No podemos vivir allí, pero sabemos bastante de ranchos, y el trabajo físico después de una semana de oficina libera muchas tensiones.

–A mí también me encanta estar aquí.

–Pues ya son tres cosas las que tenemos en común.

Coco se acercó y lo acarició con el hocico.

–Cuatro. Mira, le he gustado a tu yegua.

Abby se levantó y empezó a caminar hacia la casa seguida de Leo y de la yegua. Al llegar a los escalones de entrada, Abby se detuvo.

–Tengo que llevar a Coco a la cuadra.

–Yo lo haré –dijo él.

–No dejará que otra persona que no sea yo...

–La he estado seduciendo a base de avena y melaza cada vez que la he visto cerca de nuestra valla.

–¿Cómo?

–Entra, estaré de vuelta en un momento –se encaminó hacia la cuadra seguido de Coco.

Unos minutos después, cuando abrió la puerta de la cocina, ella le hizo un gesto para que entrase. Leo le dedicó una sonrisa y se fue directo a la nevera.

–Dale una mano a un tío... –empezó ella, ocultando una sonrisa–. ¿Algún problema con Coco?

–Es pan comido comparada contigo. Lástima que no te guste la avena ni la melaza.

Sonrió, y ella le devolvió la sonrisa. Entonces, abrió la nevera y sacó dos botellines de cerveza.

–¿Quieres?

–No. Al menos no en los próximos nueve meses.

Con una mirada recorrió su frente, su nariz y por último su boca. Ella empezó a acalorarse y sus mejillas se sonrosaron.

Él parecía un poco cortado y se giró para rebuscar en un cajón. Encontró un abridor y abrió su cerveza. Sacó una silla y se sentó a horcajadas sobre ella. Luego, inclinándose hacia atrás fingiendo tranquilidad, dio un buen trago a la botella.

–Sabes muy bien cómo ponerte cómodo –dijo ella. Dándole la espalda, se sirvió un vaso de agua.

–Puede que sea mala idea, pero estoy dispuesto a casarme contigo.

–No se te ocurra hacerme ningún favor, Storm.

–Pensaba sobre todo en que mi hijo llevase mi nombre.

–¿Tu hijo? Es mío también.

–Eso es lo que quiero decir. Nuestro hijo. La gente con hijos suele casarse.

–¿Por el bien del niño?

–Exacto. Aunque podría haber otras compensaciones.

Siendo hombre, seguramente pensaba en el sexo.

–¡Pero si apenas nos conocemos!

–No estoy de acuerdo. Por varios motivos –sus ojos negros y ardientes la miraron fijamente, provocando que ella se ruborizase al recordar miles de intimidades compartidas que había intentado olvidar. Recordó cómo se tumbó en su cama y abrió las piernas mientras él bajaba la cabeza para besarla. Vaquero o no, ella no se había saciado de Leo Storm hasta mucho después de estremecerse en sus labios. Y ni siquiera entonces. Le había agarrado la nuca y lo había apretado contra ella durante mucho rato, queriendo más, varias veces. Nunca se había sentido tan abierta, tan vulnerable, tan confiada... o tan conectada a alguien. Tragó saliva:

–No me casaré contigo.

–¿Se te ocurre otra cosa?

–Todavía no.

–Entonces eso me deja campo abierto. Pero, mira, tengo demasiada hambre para pensar en un plan B. ¿Por qué no me dejas preparar la cena? –y antes de que ella pudiese negarse, dijo–: O si no, me encantará llevarte a cenar.

Estaba siendo muy agradable.

–Pero eso nos llevaría más tiempo.

–¿Quieres decir que, si cocino, te librarás antes de mí? –se rió entre dientes mientras se arrodillaba y sacaba una bolsa de zanahorias, dos patatas, champiñones y dos gruesos filetes congelados.

Irritada porque él no parecía ni la mitad de preocupado que ella con todo aquel asunto, observó en silencio cómo ponía la carne en el microondas a descongelar.

–¿Quieres ver la televisión o escuchar música mientras cocinamos? –preguntó removiendo cazos y sartenes como si el hecho de que estuviesen juntos no le afectase lo más mínimo.

–¿Cómo puedes actuar con normalidad sabiendo que estoy embarazada y volviéndome loca?

–Pensé que quizá deberíamos olvidarnos de la crisis, que quizá una cena nos ayudaría a relajarnos un poco y a acostumbrarnos el uno al otro. Y que así podríamos pensar con más claridad.

Lo último que ella deseaba era relajarse con él, pero quizá tuviese parte de razón.

–De acuerdo. Tienes razón.

Sacó el mando a distancia y encendió la televisión, porque la música le parecía romántica y aquello le asustaba estando a solas con él. Pero en seguida se arrepintió al ver que las noticias que daban en la televisión eran todas sobre crímenes pasionales. Tras escuchar una historia tras otra sobre hombres que habían matado a sus mujeres, él maldijo entre dientes, recogió el mando y cambió a un canal en que hablaban de los hábitos de caza de los grandes felinos africanos.

Pero ella no podía concentrarse en felinos que desgarraban las gargantas de las cebras. Al menos, no con la presencia enorme y musculosa de Leo inundando su cocina. Su pelo negro se le irisó cuando se inclinó sobre el fuego, y ella se descubrió a sí misma contemplándolo y recordando lo suave que estaba cuando introdujo sus dedos en él. Tragando aire, se levantó, agarró una tabla de cortar, la bolsa de zanahorias y un cuchillo, y se colocó de espaldas a él. Intentando ignorarle, empezó a cortar y a trocear. Pero fue muy consciente de su presencia cuando él se colocó más cerca para lavar la lechuga. Sólo recuperó el resuello cuando vio que él salía a encender la barbacoa. Pero regresó en menos de un minuto, al igual que la tensión que ella sentía.

–Se está poniendo el sol. ¿Quieres sentarte fuera y relajarte mientras hago la carne?

¿Relajarme?

–¿Qué crees que es esto, un juego?

–No, ¿pero estamos obligados a odiarnos para siempre por lo que ha pasado?

–Sí. Me lo he prometido a mí misma.

–¿Eso has hecho? –salió sin más discusión, dejando que la puerta se cerrase de un portazo tras él.

¿Sabía que la estaba poniendo de los nervios? Como un niño con ganas de pelea, agarró una botella de agua y salió apresuradamente tras él, pero se dejó caer sin decir nada en una silla. En el momento en que se sentó, se dio cuenta de su error. El sol se estaba convirtiendo en un reflejo escarlata. Las estrellas iban apareciendo en el cielo púrpura. El fuego y el aire nocturno, junto con su proximidad, la hizo ponerse romántica incluso cuando todo lo que él hacía era beberse la cerveza y vigilar los filetes. Abrió su botella y bebió, pero una tensión creciente provocada por la noche, la cercanía de Leo y la intimidad que habían compartido se fue gestando en su interior.

Finalmente, farfulló:

–¿Sabes? Me iba estupendamente hasta que apareciste y lo echaste todo a perder.

–¿De veras? –dijo sin inmutarse–. ¿Y por eso estabas en el bar aquella noche vestida para matar?

Ella se levantó de un salto.

–Soy soltera. Deberías saber que tengo todo el derecho del mundo a salir con mis amigas.

–En eso no hay discusión.

–Nadie me dice lo que me tengo que poner.

–Como sabrás, algunas indumentarias rozan la vena sensible de la rudimentaria mente masculina.

–No tengo por qué soportar esto.

Por alguna razón, en lugar de regresar a la seguridad relativa de la cocina, se quedó, respirando agitadamente. Él observó el movimiento de su pecho de forma demasiado apreciativa y luego la agarró de la muñeca obligándola a sentarse.

–Me gustó lo que vi. Mucho. Todavía me gusta –se detuvo, bajando la vista más de lo que ella hubiese querido.

–Maldita sea, mírame a la cara.

La miró con cierta sorna.

–Falda vaquera ajustada. Y corta. Jersey rojo ajustado.

–Tienes buena memoria.

–Para las cosas que me gustan. Eres una mujer muy hermosa. No te hubieras puesto algo así de no haber querido llevarte a alguien a casa.

–Te aprovechaste.

–Tomé lo que se me ofrecía.

–Kel me estuvo diciendo aquella noche en el bar que un vaquero era la única cura posible para un corazón destrozado.

–Y en lugar de con un fornido vaquero, acabaste conmigo... y con un hijo.

–Porque me presionaste.

–Claro. Te deseaba. Y siempre persigo aquello que deseo.

Ella se había ido con él porque se sentía perdida y vulnerable, y él le había hecho sentirse ilusoriamente protegida.

Leo se inclinó aún más.

–¿Y sabes una cosa? A pesar del modo en que me has tratado últimamente, todavía siento lo mismo. Por eso te pedí que te casaras conmigo. Tal y como yo lo veo, le gusto a tu yegua, no tendríamos tan buen sexo si no te gustase un poquito, estás embarazada y ambos tenemos casa aquí. Eso es un comienzo. Puede que no estemos locamente enamorados, pero si intentases llevarte bien conmigo con la mitad del esfuerzo que empleas en hacerte la cascarrabias, ¿quién sabe qué podría ocurrir?

–Si yo lo intentase...

–¡Sí, tú! Si lo hicieras, quién sabe, igual las cosas podrían funcionar entre nosotros.

–Eres un tipo calculador. No puedo creer que quieras casarte conmigo en serio.

–Créelo.

–Aquí hay algo que no encaja. Lo intuyo. ¿Por qué te muestras tan agradable ahora cuando esta mañana ni siquiera querías hablar conmigo?

–¿No te ha dicho nadie que eres muy suspicaz? –se encogió de hombros–. Piensa lo que quieras –fingió fijar la atención en el fuego.

Cuando la carne estaba casi hecha, arrancó un pedazo. El gesto fue brusco, y ella se preguntó si estaba realmente tan tranquilo como aparentaba.

–¿Quieres probarla? –le preguntó.

Ella apenas asistió con un gesto cuando su dedo grande y bronceado le colocó un trozo de ternera en la punta de la lengua.

–Deliciosa –murmuró, saboreando aquella jugosa exquisitez. Él mantuvo el dedo junto a su boca hasta que ella apartó la cabeza.

Leo se dio cuenta de que estaba asustada.

–¿Y si pasamos dentro a cenar?

Capítulo Cuatro

Leo colocó su plato sobre la mesa, se acercó a la encimera y apagó la televisión.

–Ya he visto bastantes leones por hoy. ¿Qué tal un poco de música?

–¡No! ¡Música no!

–Creo recordar que te encantaba *Wild Thing.*

Y aquello había acabado en una noche de sexo.

Ella recordó cómo le había lanzado su jersey rojo y cómo él había aspirado su olor sin dejar de mirarla. Lo siguiente que recordaba fue lo que sintió al despertarse a la mañana siguiente y descubrir su cuerpo largo y delgado sobre el de ella. Estaba desnuda y agotada. Tenía la boca rozada de tantos besos y el aliento agrio de la cerveza. Se lo quitó de encima, se vistió y salió corriendo, deseando no mirar nunca atrás.

Pero lo había hecho. Primero en sueños, y luego todo el tiempo, durante aquella última semana.

–¡No empieces con lo de aquella noche!

–Mis labios están sellados –sonrió, sentándose frente a ella en la mesa diminuta de la cocina. Sus muslos se rozaron. Era curioso cómo una tela vaquera al rozarse con la seda negra de su pantalón podía provocarle aquel calor que ascendía por su pierna. Se retiró de un salto, golpeándose la rodilla con la pata de la mesa.

–¡Ay!

–¿Te has hecho daño? –preguntó él.

Antes de que pudiese detenerlo, se arrodilló a examinarle la pierna, introduciendo la mano bajo la seda y haciéndola subir por la pantorrilla con una ternura insoportable.

–Perfecto, ni siquiera te has hecho una herida.

–Estoy bien –dijo ella en voz baja apretando los dientes mientras se bajaba la pernera del pantalón.

Con una amplia sonrisa, él volvió a su asiento.

–Estás de los nervios.

¿Y quién no lo estaría teniéndole tan cerca? Hasta sentado parecía enorme. Peligroso. ¿Es que se le veía más grande en comparación con la cocina? ¿O es que la habitación parecía más pequeña e íntima ahora que oscurecía y ella sabía que tenían toda la noche por delante?

Cortando un trozo de carne, intentó concentrarse en masticarla. Resultaba imposible teniendo aquel cuerpo enorme y musculoso tan cerca... por no hablar de sus recuerdos.

Él intentó mantener una conversación educada, pero al ver que ella no participaba, dejó de hablarle. A partir de ahí, ella sólo oía el chocar de los tenedores contra los platos y el sonido de su corazón. En un par de ocasiones, ambos cogieron pan a la vez y sus dedos se rozaron accidentalmente. En ambas, ella se sobresaltó mientras él sonreía como si disfrutase de su intranquilidad.

La noche se fue haciendo más oscura y ella se fue haciendo más y más consciente de que estaba a solas con él en la intimidad de su casa. Una casa con dormitorios... y camas. Era tan mala como él. No podía tenerlo cerca sin pensar en el sexo.

¿Dios, cuándo acabaría aquella cena interminable para que pudiesen hablar y se fuese de una vez?

¿Casarse con él? ¿Cenar con él cada noche igual que en aquel momento? ¡Se volvería loca!

Él devoró la carne con más entusiasmo y acabó su plato cuando ella todavía iba por la mitad del filete. Deseó que se levantase y saliese al porche para poder acabar la cena en paz, pero no, se quedó sentado educadamente observando cómo jugueteaba con una patata hasta que finalmente soltó frustrada el tenedor.

–He terminado –susurró ella entrecortadamente.

–¿Estás segura? Se supone que ahora comes por dos, ¿recuerdas?

Como si necesitara que se lo recordasen.

–Y ahora hablamos y luego te vas. Tengo que madrugar y tú también.

–No. Primero quitamos la mesa y luego lavamos y secamos los platos.

–Dijiste que te habías dado cuenta de que estoy deseando librarme de ti.

–Fui yo quien sugerí la cena. No pienso dejarte el fregadero lleno de platos si tienes que madrugar.

–Como si te importase.

–Me importa. Por lo que me han dicho, las embarazadas se cansan con facilidad.

Se giró, soltó su plato y echó detergente en el fregadero. Por lo visto no había nada que lo detuviese una vez que había tomado una decisión.

–De acuerdo... lavaremos los platos –rezongó ella–. Luego hablamos y te marchas.

Él se quedó callado en un primer momento. Y luego dijo:

–Podemos hablar ahora. Te niegas a casarte. ¿Significa eso que prefieres dinero? ¿Un jugoso cheque quizá? ¿O ingresos mensuales?

Ella frunció el ceño.

–Nada de cheques. Suena tan... frío...

–Estoy de acuerdo. Quiero asumir mi responsabilidad para contigo y el bebé. Quiero conocer a mi hijo, estar cerca de él... o de ella.

–Dadas las circunstancias, cuanto más apartado te mantengas, mejor.

–¿Tiene voto nuestro hijo?

Ella se lo pensó dos veces antes de responderle. Además, estaba demasiado cansada para discutir.

–En cualquier caso –dijo–, tendremos que resolver algunas cuestiones legales, para protegernos a nosotros y a nuestro hijo.

–No puedo creer que estemos teniendo esta conversación.

–Si fuésemos una pareja normal, habríamos empezado por enamorarnos.

–Pero no fue así –y aquel pensamiento la hizo sentirse extrañamente triste. No creía que el amor diese la felicidad. Sólo hacía sufrir por lo imposible. YLeo no sabía que la estaba haciendo sentirse culpable, haciéndola desear cosas que no quería desear. El muy estúpido.

Cuando secó el último vaso, arrojó el paño sobre la encimera.

–Y ahora, puedes dejar de fingir preocupación y de ser agradable y...

–Cuidado –dio un paso hacia ella–. No deberías recordarme que te gustan los chicos malos. Podría tomármelo como una licencia para serlo. Tengo más experiencia en ese papel de la que jamás pudieses imaginar, y estamos completamente solos.

–No… –ella intentó apartarse de él, pero sus caderas fueron a dar con el borde de la encimera.

Leo la siguió y colocó los brazos a ambos lados de su cuerpo, atrapándola.

–Fuiste a aquel bar porque buscabas un vaquero salvaje.

–Ya basta.

–¿Quién dice que sólo los vaqueros lo son?

–Leo, esto no tiene gracia. Estabas siendo encantador y razonable.

–Pero eso no parece funcionar. Puede que no seas la única que se ha visto un tanto afectada por lo que ocurrió aquella noche. Yo también crucé líneas que nunca había... –se interrumpió–. ¡Al cuerno! No he tenido una cita ni he estado con una mujer desde la noche que pasé contigo. ¿Quieres saber por qué he estado durmiendo en la ciudad? Pues te lo diré: porque aquí no dejaba de pensar en ti, preguntándome si estarías aquí durmiendo sola, preguntándome si habrías salido con alguien. Quizá con algún maldito jinete de rodeo que te recordase a Shanghai. ¿Lo has hecho, has estado con otros hombres después de estar conmigo? –la miraba tan fijamente que ella no podía respirar.

–Sí.... ¡Sí! ¡Varias veces! Y por eso no quería volver a verte.

–Lo dudo –le miraba la boca, que de pronto se le había quedado seca.

–Creo que deberías irte.

–En eso tampoco estamos de acuerdo –dijo suavemente.

–Eres el enemigo.

–Depende de cómo se mire. Soy el padre de tu

hijo. Te deseo. Y más ahora que sé que estás embarazada, asustada y vulnerable.

–¡No estoy ninguna de esas cosas!

–Lo estás, y creo que en gran parte es la causa de que estés tan loca por mí.

No estaba dispuesta admitir que tenía razón. No quería sentirse dependiente y necesitada.

–¡Odio estar embarazada! ¿Por qué tienes que ser tan fuerte y estar tan seguro de ti mismo?

–Si me dejaras cuidarte, no estarías tan asustada. Puede que no odiases tanto estar embarazada.

–¿Qué estás diciendo?

–Cásate conmigo... al menos hasta después de que nazca el niño.

–Pero...

–Escucha, esta mañana al salir el sol tenía tantas ganas de casarme como tú, pero ahora tenemos que tener en cuenta a nuestro hijo. Será legítimo, y creo que eso es importante.

–Podría ser una niña.

–Podría, pero ésa no es la cuestión. La gente no tiene muy buen concepto de los niños sin padre. ¿No quieres que nuestro hijo tenga la mejor infancia posible?

Odiaba estar de acuerdo con él en algo, pero estaba más chapada a la antigua de lo que creía. Si no se casaba con él, le daría pavor explicarle al niño por qué no se había casado con su padre.

–Lo resolveremos todo sobre la marcha –dijo él.

A pesar de su empeño por no gustarle y culparle a él de todo, su proximidad conseguía embriagarla. Era su olor corporal, un olor a hombre mezclado con un aroma penetrante y alimonado que ella recordaba de aquella noche y que había impregnado su piel. ¿Por qué no lograba olvidar el modo en que sus cuerpos habían encajado el uno en el otro en perfecta sintonía?

Y sus sueños... Fragmentos de sueños y recuerdos a medias sobre él la habían perseguido a mitad de la noche, despertándola encendida y sudorosa, apretando las sábanas contra su pecho. ¿Lo deseaba inconscientemente a pesar de que se pasaba los días intentando no pensar en él?

–Me parece absurdo que hablemos de matrimonio.

–Durante un segundo me pareció que estabas considerando en serio mi ofrecimiento.

Y de hecho lo había estado haciendo.

–Tienes que irte –empezó a empujarle el pecho con desesperación.

–Creo que no es buena idea –susurró él, apretándola más contra él.

Abby sabía que, si forcejeaba o gritaba, Leo era lo suficientemente caballero como para dejarla ir. Pero por alguna razón se quedó inmóvil en sus brazos y esperó, quizá para averiguar qué es lo que vendría después.

Al ver que no lo rechazaba, cierta excitación brilló en los ojos de Leo, pero se tomó su tiempo. Siguió estrechándola entre sus brazos durante un largo instante. Luego se inclinó, le levantó la barbilla con un dedo y la besó muy suavemente. En cuanto sus bocas se rozaron, Abby se sintió recorrida por una oleada de deseo.

No había olvidado ni dejado de admirar su habilidad. A pesar de su seriedad, besaba maravillosamente, pensó ella con fría aprobación. De hecho, los besos que le había dado en el bar fueron la chispa causante del fuego que les había llevado a meterse en aquel lío.

Desde el primer beso se había hecho con ella. Recordó su segundo beso y cómo después le había dicho que iba a jugarse el todo por el todo. Habló de fundirse.

Empezó a respirar agitadamente y separó los labios. Al notar cómo la lengua de él se deslizaba sobre la suya, Abby se dio cuenta de lo mucho que había deseado volver a sentir la boca y las manos de Leo sobre su cuerpo. ¿Era ésa la razón por la que soñaba con él, por la que tanto lo temía?

Temblando, sumergió la punta de los dedos en el pelo suave y negro que cubría la nuca de Leo para después, con un gemido, agarrarlo por la camisa y apretarlo contra ella. Leo respiraba agitadamente. Estaba totalmente excitado. Abrazándolo con fuerza, ella disfrutó de aquella reacción pasional.

–¿Dónde está tu cuarto? –preguntó él con voz ronca tras un largo beso.

–Justo detrás de nosotros –contestó ella.

–Qué suerte.

La boca de Leo abandonó los labios de Abby para explorar su cuello y descender con besos hasta su agitado pecho. Entonces, ella fue consciente de la barbaridad que estaba haciendo y lo empujó débilmente. Luego empezó a empujarle y a defenderse en serio, pero sus gestos eran insignificantes y desganados porque lo que deseaba en realidad era tener a Leo desnudo y enloquecido sobre su cuerpo. Quería que le separase las piernas con las rodillas, quería abrirse para él, lo quería dentro, muy dentro de ella.

–No vuelvas a huir de mí –le rogó él entre besos. Una de sus manos descendió desde su cintura hasta las rodillas y la tomó en brazos.

Ella sacudió la cabeza y susurró un «no», pero él volvió a besarla una y otra vez hasta hacerla temblar. Entonces, rápidamente, la llevó en brazos hasta el oscuro umbral de su dormitorio. La dejó sobre la cama y siguió besándola y acariciándola. La iluminó con la mirada mientras tiraba hacia arriba de su top. Ella cerró los ojos y se quedó tumbada e inmóvil mientras él le desabrochaba el sujetador. Suavemente bajó la cabeza y empezó a lamerle los pezones, haciéndola jadear.

Posando ambas manos sobre sus pechos, Leo dijo en voz baja:

–Parecen más grandes –deslizó la mano hasta su vientre, dejando la mano allí durante un momento con tal actitud de asombro y posesión que ella empezó a sentirse totalmente excitada.

La veneración de Leo hizo que a Abby se le hiciera un nudo en la garganta. Desde Becky, nunca se había sentido tan cerca de nadie.

Abrió los dedos sobre el cálido pecho de Leo y sintió bajo el vello rizado la violencia con que latía su corazón.

Él la deseaba, pero era un hombre. Y le había dicho que no había estado con una mujer desde que estuvo con ella. Pero lo que no esperaba era la intensidad de su propio deseo.

–Leo… –rodeándolo con los brazos, reclinó la cabeza sobre su pecho con un suspiro, deleitándose con su olor, su calidez y su fuerza–. Me arrepentiré de esto. Lo sé –suspiró, rindiéndose. En sus brazos se sentía tranquila y segura.

¿Qué había de malo en pasar otra noche con él? Al fin y al cabo, ya estaba embarazada. El daño ya estaba hecho, el caballo ya se había desbocado y todo eso. Se sintió extrañamente frívola, casi feliz de saber que ya no tenía nada que perder y que, si dejaba que Leo le hiciese el amor, obtendría un enorme placer y se sentiría reconfortada.

–Quiero que te desnudes –le susurró, consciente de que debía de estar loca.

–¿Cómo?

–Te toca desnudarte para mí. Me subí a tu mesa, acuérdate.

Él la derritió con su mirada.

Al ver que no se movía, le dijo:

–Venga, adelante.

Leo dio un grito ahogado de asombro al ver que ella le tiraba de la camisa, animándole, sacándosela del pantalón. Al ver que él no hacía nada, le desabrochó el cinturón y el botón de los vaqueros. Por último, le bajó la cremallera. Ningún sonido había sonado jamás tan erótico como el de ese roce de metales abriendo la tela del pantalón. Al notar la mano de ella ahí abajo, él emitió un fuerte gemido.

–Vamos –le apremió–, quítate los pantalones.

Apartó la mano y se quedó contemplando su cuerpo bronceado mientras él se arrancaba el pantalón, la camisa y los calzoncillos y los arrojaba al suelo. La luz de la luna era débil, pero iluminaba lo suficiente como para que ella pudiese maravillarse ante la asombrosa perfección de aquel cuerpo esculpido y viril. Puede que fuese un ejecutivo, pero hacía otras cosas aparte de empuñar bolígrafos. Cada centímetro de su cuerpo era recio y esbelto, tanto como el de cualquier vaquero.

De pronto Leo el insulso dejó de parecerle insulso. Bailaba. Montaba a caballo. Besaba muy bien y era un amante excepcional o, al menos, con ella lo era. ¿Qué otros talentos ocultos escondía que pudiesen entusiasmar a una chica?

Cerró los ojos, queriendo saber más cosas de él y asustada al mismo tiempo. Muy asustada. Él era aquello que ella había estado buscando durante toda su vida.

–¡Ni se te ocurra! Será mejor que no te imagines que soy Shanghai. ¡Esta noche no! –bramó él.

Ella abrió los ojos de golpe y percibió cómo la ira de Leo se mezclaba con dolor.

–No –le susurró, sintiendo una extraña compasión–. Sólo estarás tú.

–Estupendo. Esta noche no quiero fantasmas en la cama. Sólo tú y yo, ¿entendido?

Abby asintió, tragando saliva. Y entonces se colocó bajo un rayo de luna que iluminaba la cama y le besó largamente en la boca hasta que sus respiraciones se tornaron tan agitadas que ella supo que había llegado el momento de quitarse la ropa que le quedaba.

Él la ayudó a desvestirse. Una vez desnuda, la atrajo hacia su cuerpo bajo las sábanas y éste ardía tanto que ella tuvo que destaparse de una patada.

–¿Por qué demonios me rechazaste de esa manera? –masculló él.

Ella arqueó el cuerpo para rozar el suyo y empezó a contonearse para incitarle.

–¿No te han dicho nunca que hablas demasiado, Leo Storm?

Y aquello fue lo último que alguno de ellos dijo durante un buen rato, hasta que Abby empezó a sollozar y él a gritar su nombre, apretándose contra ella hasta hacerla sentir que ambos eran un solo cuerpo.

Capítulo Cinco

Abby se despertó terriblemente acalorada. ¿Por qué tenía tanto calor?

Cuando empezó a retorcerse para salir de debajo de las sábanas, se dio cuenta de que estaba enterrada bajo un lío de tela y edredones, y que tenía las piernas y los brazos enlazados con los de Leo. Su primer pensamiento fue salir de la cama para llamar a Kel y advertirle de que volvería a llegar tarde a la oficina. Pero la calidez de Leo la arrullaba.

¿A quién le importaba la oficina? Kel podía hacerse cargo de todo, y por lo que Abby había visto de Miriam, imaginó que ella también podía. Al contrario que la primera mañana después de haber hecho el amor con él, Abby no se zafó de su cuerpo y huyó. En lugar de eso, se quedó allí tumbada, recordando sus caricias y la intimidad que habían compartido la noche anterior.

Aquella vez, Leo el insulso había sido todo menos eso. Lo había llevado hasta el final una y otra vez, hasta que él se había aferrado a ella respirando con dificultad y había gemido su nombre al estremecerse en sus brazos.

Durante toda la tarde se había mostrado simpático y razonable, había cocinado, lavado los platos, aguantado su mal humor… ¿Lo había hecho aposta o es que era así en realidad?

Le había hecho el amor de forma apasionada y decidida, como si hubiese estado reclamando un derecho y haciéndola suyo. Todo había sido instintivo y animal, y sólo pensar en ello la hacía estremecer y le quitaba las ganas de salir de la cama.

Se estiró, reviviendo cada uno de sus tórridos recuerdos. Ningún hombre la había deseado jamás de forma tan intensa. Y estaba claro que ella le había correspondido con la misma intensidad.

Un rizo negro cayó sobre la frente de Leo. Ella observó maravillada cómo se habían suavizado las facciones de su rostro anguloso. La noche anterior se había mostrado impulsivo e implacable.

A pesar de su barbilla oscura y sin afeitar, parecía tan inocente como un niño y, al mismo tiempo, un hombre que tenía exactamente aquello que ella buscaba.

Abby seguía contemplando su aspecto satisfecho cuando él abrió perezosamente unos ojos negros que, al encontrarse con los de ella, la reclamaron.

La rodeó posesivamente con el brazo y sonrió.

–Qué bien que sigues aquí.

–Ésta es mi cama. Y estamos en mi casa –dijo–. ¿Dónde iba a ir si no?

–Entonces... ¿vas a casarte conmigo?

–Hay un millón de razones lógicas por las que podríamos considerarlo una malísima idea.

–Estás embarazada. Y si no somos felices, podemos divorciarnos. ¡Qué horror!

–El divorcio es un horror.

Sus padres se habían divorciado y ella todavía no lo había superado. Siempre había soñado con un matrimonio romántico, con hacerlo funcionar.

–No puedo casarme... informalmente.

Empezó a zafarse de él y entonces Leo la sujetó rápidamente.

–Quédate un segundo –le susurró.

Ella inspiró y tragó saliva.

–Por favor. Tengo algo que decirte.

–Muy bien.

–Cuando era un crío, dejé embarazada a una chica. No voy a entrar en detalles, pero no pude casarme con ella. No quiso. Y quizá fuese para bien, o al menos eso me digo para convencerme. Pero casi no conozco a mi hija Julie y cada día me arrepiento más. Así que ya ves que el embarazo no sólo nos afecta a ti y a mí –el dolor que revelaba su voz la conmovió profundamente–. Soy una persona madura y tengo un trabajo estable. Tengo mucho dinero, puedo permitirme tener mujer e hijos. Intentaría por todos los medios que nuestra relación funcionase.

Pero no la amaba y ella a él tampoco. Y puede que eso fuera bueno. Así, si se divorciaban, ella no iba a sufrir demasiado. Y si se casaban, su hijo nunca tendría que avergonzarse de las circunstancias que rodearon su nacimiento.

Abby estuvo pensando en la propuesta durante un buen rato. Finalmente, volvió a mirarle a los ojos.

–Sé que esto es una locura. Sé que no va a funcionar y que me arrepentiré. Pero por el niño... la respuesta es sí.

–Escucha –dijo él suavemente–. ¿Cómo puedes seguir tan negativa después de lo que pasó anoche?

Antes de que ella pudiese decirle que el sexo, aunque fuese muy bueno, no era tan importante en el matrimonio, él rodó sobre la espalda y la colocó sobre su cuerpo.

–Entonces, nos casamos –dijo como si costara hacerse a la idea–. ¿Qué opinas? –la miró con ternura y la besó suavemente en la frente.

Abby no se movía. «Qué loca estás. ¿Es que quieres más?».

–Será mejor que me lave los dientes y me dé una ducha para que podamos irnos a trabajar –dijo él. Se metió en el baño y el agua de la ducha estuvo corriendo durante un rato. Luego, cuando apareció en la cocina, tenía el pelo húmedo y brillante y el aliento le olía a menta.

–¿Te apetece una taza de té, querido? –bromeó ella.

–¿Querido? Me gusta cómo suena eso. Ylo del café también, pero lo puedo conseguir en cualquier sitio. Preferiría un beso... de mi prometida.

–Mmm –Abby se acercó lentamente hasta acurrucarse en sus brazos.

–Sólo tengo tiempo para un beso, pero será mejor que me juegue el todo por el todo. No quiero que cambies de idea en cuanto me haya ido.

–Jugarte el todo por el todo… eso dijiste la noche en que me dejaste embarazada.

Sonrió mientras ella acercaba su boca a la de él. Un solo bocado y ambos volvieron a sentirse hambrientos. Abby llegó a pensar que debía darle a Kel más responsabilidades en la empresa.

–Tengo una reunión a primera hora –dijo él en voz baja varios besos después, cuando el ambiente había empezado a calentarse–, pero cómprate un vestido blanco y un velo y piensa en quién quieres que venga a la boda. Yo me encargaré de los preparativos y luego te llamo para hablar de la fecha. Casémonos lo antes posible, digamos en una semana o diez días.

–¿Una semana? Preparar una boda lleva mucho tiempo.

–Confía en mí. ¡Una semana! –su sonrisa era de superioridad y experiencia.

Hombres. Una mujer podía tardar un año en preparar una boda. Pero siendo un ejecutivo, él seguramente dictaría su lista de invitados, le dejaría los preparativos a la despiadada de Miriam y dejaría de pensar en ello.

Diez minutos más tarde, cuando salió rápidamente hacia su camioneta, Abby lo siguió, todavía desconcertada. Volvió a besarla en el último escalón y ella se quedó allí, relamiéndose, saboreándolo mientras observaba cómo la camioneta desaparecía detrás de una polvareda roja.

Tenía los labios magullados y todavía calientes de sus besos. Se preguntaba si regresaría por la noche y volvería a hacerle el amor. ¿Cómo podía desear que fuese así? ¿Cómo se sentía casi feliz ante aquella perspectiva sabiendo que todo podía salir mal?

¿Era porque era muy bueno en la cama? Sí, tenía que ser por eso. Después de lo de la noche anterior, todavía andaba atontada. Y cuando recuperase el seso, ¿iba a gustarle siquiera?

Condenado al fracaso. Una semana más tarde, Abby estaba junto a Leo frente al altar de la Misión de San José casándose ante un centenar de invitados y sintiéndose atrapada y sola.

Si por lo menos hubiese aparecido su padre... Se acordó de Becky, de su madre y del matrimonio y la familia perfectos con que siempre había soñado. Echaba mucho de menos la familia que había perdido. Echaba de menos a su padre. Y allí estaba, sola, casándose con un hombre al que apenas conocía.

–Puedes besar a la novia –dijo el sacerdote, y su voz retumbó en los muros de la antigua misión.

Cuando los cálidos labios de Leo rozaron los de Abby, ésta empezó a temblar al darse cuenta de que acababa de casarse con un extraño. ¡Lo había arreglado todo en una semana!

Exceptuando la noche en que se pasó a colocarle en el dedo un anillo de compromiso de tres quilates, apenas lo había visto. Sin embargo, Miriam no había dejado de llamarla para confirmar detalles sin dejar entrever si le había sorprendido el giro de los acontecimientos. Se había mostrado deferente, respetuosa y, sobre todo, eficiente.

Abby sólo tuvo que comprarse un vestido, invitar a su padre, a sus amigos y empleados... y presentarse. Pero su padre ni siquiera había hecho ese esfuerzo. Le había prometido que estaría para llevarla al altar, pero una hora antes de la boda había llamado con una excusa, deseándole un maravilloso día de boda pero explicando que su vuelo desde Colombia, donde estaba entrevistando a terroristas en la selva, había sido cancelado. Como de costumbre, el nivel de adrenalina que obtenía moviéndose entre terroristas era mayor atractivo que cualquier cosa que tuviese que ver con ella, de modo que fue Connor, el hermano de Leo, quien acabó acompañándola al altar.

Incluso con los labios de Leo sobre los suyos, la ausencia de su padre le pesaba en el corazón.

–No pasa nada –le susurró Leo soltándola–. Vendrá para la próxima ocasión.

¿Cómo le había adivinado el pensamiento? Aquello le pareció muy dulce, hasta que se le ocurrió algo que la asustó. ¿Estaría Leo pensando ya en su divorcio y su futuro casamiento con otro hombre?

–¿La próxima? –preguntó con voz trémula.

Detectando su incertidumbre, él le apretó la mano.

–Cuando nazca el niño.

Sin soltarla de la mano, Leo se giró hacia los asistentes con su flamante esposa. Durante un segundo, ella vio cómo miraba a su hermano. En un mar de caras felices, Connor era el único hombre que se mostraba adusto. Leo le sonrió, de modo que él forzó una sonrisa. ¿Tendría Connor, que conocía la situación, tantas dudas como ella sobre el éxito de aquella unión?

Los invitados de Leo habían acudido en masa y la mayoría trabajaba para el Golden Spurs. Ella había conocido a muchos de ellos cuando se había acercado al Golden Spurs a esperar que Shanghai trajese de vuelta a Mia desde México después de rescatarla.

Joanne Kemble, viuda de Caesar Kemble y madre de Mia y Lizzy Kemble, fue la primera en acercarse a ellos y felicitar a Leo.

–Cielos, eres una caja de sorpresas –dijo con cierta intención–. No traes a ninguna chica al rancho en la reunión familiar del Día de los Caídos y una semana más tarde llamas para decirme que te casas. ¿Quién es esta mujer que te ha hecho cambiar de rumbo a la velocidad de la luz?

El rostro de Leo se ensombreció.

–Todo ocurrió de repente.

–Eres un hombre ambicioso. Nunca das un paso sin analizar primero los pros y los contras. No pareces el tipo de hombre que se casa con premura.

–Se llama «enamorarse» –dijo Leo, mirando a Abby con ternura–. La flecha de Cupido es una de las muchas razones por las que resulta imposible predecir el comportamiento humano.

–Bueno, espero que algún día me cuentes toda la historia –la mirada cómplice y especulativa de Joanne cayó sobre Abby y se mantuvo allí, haciéndola sentir que aquella mujer veía más de la cuenta–. Tu novio nos invitó personalmente a cada uno de los invitados. Nos dijo que eras preciosa y muy inteligente. Parecía muy enamorado. Fue... muy dulce. Tuve que cambiar mis vacaciones, pero no quería perdérmelo por nada del mundo. Leo casado. ¿Quién lo iba a pensar? –se detuvo–. No tengo palabras para explicarte lo valioso que es para el Golden Spurs. Y tú también lo serás, estoy segura.

Sólo que no parecía estarlo.

–Pero todavía nos llevará algún tiempo acostumbrarnos. Me temo que lo tenemos trinando con tanta crisis. Pero se mantiene frío y sereno en general en lo que respecta al rancho. Resuelve los problemas con el mínimo de energía emocional y la mayor de las eficiencias, lo cual es genial, dado la tendencia de los Kemble al dramatismo –se detuvo, mirándola con mayor intensidad–. ¿Cómo está tu padre?

Ante aquel desafortunado y repentino cambio de tema, Abby respondió con aire de culpabilidad:

–No ha podido venir.

–Tenía muchas ganas de verle.

–¿Lo conoces?

Joanne se ruborizó.

–Pues… sí. No mucho... quiero decir, personalmente…, pero es un hombre famoso, al menos en determinados círculos.

Abby percibió que había algo más. Nunca había considerado a su padre como una persona famosa, a pesar de ser un ensayista muy publicado y haber ganado varios premios.

–Está en Colombia, trabajando. Cancelaron su vuelo en el último minuto. Tenía muchas ganas de venir.

–Estoy segura. Tu padre es un hombre muy entregado –las manos venosas y enérgicas de Joanne estaban frías y sudorosas cuando tomaron las de Abby–. Admiro mucho su trabajo.

–Muchos lo hacen.

–Me gustaría... –la mujer volvió a sonrojarse y luego frunció el ceño–. No importa. Sólo dile que yo... que Joanne Kemble le envía un saludo.

–Lo haré.

Joanne siguió mirándola a los ojos durante un momento. Había profundidad, expectación y una inexplicable tensión en su mirada, pero antes de que Abby tuviese tiempo de pensarlo, una mujer llamada Mona la llamó, y Joanne se giró y corrió ansiosa como si se alegrase de poder escapar de una conversación cada vez más embarazosa para ambas.

¿A qué había venido aquello?

Por un momento, Abby se sintió confusa y un tanto perdida. Joanne parecía conocer muy bien a su padre y se había tomado mucho interés en consolar a Abby. Tenía que preguntar a su padre por Joanne Kemble.

Mia, Shanghai Knight y su hija Vanilla, fueron los

siguientes en acercarse. Shanghai le apretó fuerte la mano y la besó con mayor apasionamiento que el que corresponde a un antiguo novio. ¿Se sentía acaso aliviado de verla casada?

–Eres un hombre con suerte, Storm –le dijo a Leo, dándole la mano después de saludar a Abby–. Será mejor que la cuides bien. Ahora que estás casado, no podrás dedicar tanto tiempo al trabajo. Quizá podríais comprarme el Rancho Buckaroo, dado que los vuestros limitan con él por distintas esquinas. No paso mucho por allí desde que me casé con Mia.

Leo asintió. No parecía disfrutar mucho al ver a Shanghai besando a Abby o de conversación con ambos. Entonces Vanilla se alejó corriendo y Shanghai, viendo cómo le miraba Leo, dijo:

–Bueno, ésa es la señal. Será mejor que me vaya –y se fue detrás de ella seguido de Mia.

Curiosamente, Abby ya no se sentía celosa de ella en lo más mínimo.

–Quizá deberíamos comprarle el Buckaroo –dijo Leo.

El hermano de Shanghai, Cole Knight, se acercó con su esposa Lizzy, la hermana de Mia.

Kel, que era la siguiente en la cola, abrazó a Abby y le dijo en un aparte que, si iba a tener el niño, casarse con un hombre tan bueno como Leo era lo mejor que podía haber hecho.

–No es serio y aburrido en absoluto. Y no tiene nada que envidiar a todos esos vaqueros cachas del Golden Spurs. Es guapo y tiene estilo. Y debe de ser muy inteligente. Aun así, todavía no puedo creerme que un tipo tan convencional pudiese conseguir todo esto –dijo Kel.

–¿Esto?

–A ti. Esta boda. Quiero decir, una antigua misión… ¡vaya sitio para una boda! Tan memorable y romántico. ¡Y en una semana! ¡Genial! Todo es maravilloso. Hasta el buen tiempo que ha hecho –empezó a poner por las nubes a la banda de música y al *catering*.

Kel sabía bastante de organización de eventos, ya que en la empresa tenían que preparar sesiones de fotos y coordinar eventos para los medios, muchas veces con muy poco tiempo de maniobra.

–Creo que todo es demasiado perfecto y que le ha resultado demasiado fácil –comentó Abby malhumorada.

–¿Preferirías haberte casado con un rudo vaquero incapaz de relacionarse?

–No entremos en eso. Es sólo que no me lo creo mucho. Seguro que todo es obra de su secretaria.

Kel, que creía firmemente que las secretarias gobernaban el mundo, asintió.

–Bueno, ¿pero quién la contrató? ¿Quién la mantiene feliz en su puesto? Será mejor que tengas cuidado. Ahora que tiene una esposa inteligente y una secretaria brillante, se convertirá en un hombre invencible.

Al ver que la siguiente persona en cola la empujaba, Kel dijo:

–Creo que iré a presentarme al buenorro de su hermano. ¿Cómo se llamaba?

–Connor. Está por ahí...

Hizo un gesto señalando a Connor, que estaba bajo un roble con un vaso de champán en la mano. ¿Por qué seguía observando a su hermano con tanta intención? Connor era investigador privado y seguramente era suspicaz por naturaleza. Quizá pensaba que ella había atrapado a Leo y sentía que debía proteger a su hermano mayor.

Hubo brindis con champán y baile, aunque Abby sólo bebió agua con gas. Leo la apretó contra él mientras bailaban, tanto que ella recordó el baile que les había llevado a besarse en el bar.

La celebración fue alegre y feliz en apariencia, pero Abby no pudo ignorar la cara seria de Connor cada vez que la miraba a ella o a su hermano. Y tampoco pudo olvidar su incertidumbre ni los embarazosos comentarios de Joanne. Aquél era un matrimonio de conveniencia, no un matrimonio real, y por tanto, no era una celebración feliz.

Con todo, ¿por qué pensar aquellas cosas? Habría dejado de preocuparse de no haber oído un fragmento de conversación susurrada entre los hermanos.

–¿Se lo has dicho ya? –preguntó Connor.

–¡No te metas más! –contestó Leo.

–Si no lo haces y alguien... Si se entera por otra persona de lo que hiciste aquella noche, se va a armar la de Dios es Cristo.

–Ya me has oído –dijo Leo.

Abby debió de hacer algún ruido, porque ambos se giraron y Connor se detuvo a mitad de frase. Ruborizándose, ambos se acercaron apresuradamente a ella.

Pensó con abatimiento que se había vuelto loca al meterse en aquello, incluso cuando Leo le tomó la mano para tranquilizarla y la atrajo posesivamente hacia él.

–¿Qué tenías que decirme? –preguntó.

–¿Cómo? –contestó Leo, frunciendo el ceño en señal de desconcierto.

–No pude evitar escuchar...

–Hablábamos de negocios. Cosas serias. Contrato a Connor de vez en cuando.

–¿Para qué necesitas un investigador privado?

Joanne, que había estado cerca charlando con Mona, volvió a acercarse de pronto.

–Es por culpa de Lizzy –dijo, mirando a Abby de un modo que la hacía sentir incómoda–. No sé cuánto sabes acerca de nuestra familia, pero mi difunto marido tuvo dos hijas con otra mujer, una mujer bastante famosa: Electra Scott. ¿Has oído hablar de ella? –su voz sonó algo estridente.

El rostro de Leo se tornó lívido. Todos se quedaron callados y se pusieron violentos, pero aquello no amedrentó a Joanne. Parecía empeñada en decirle algo.

–Ah, sí –dijo finalmente Abby–. Creo que sí. Electra Scott. ¿No murió hace poco? ¿En una selva?

–Sí –los ojos de Joanne eran de un azul tan frío como el hielo.

–¿No hacía unas fotos maravillosas de niños, animales y naturaleza?

–Entre otras cosas –dijo Joanne.

–Creo que mi padre colaboró en un libro con ella –dijo Abby.

–¿De verdad? No me sorprendería. Los dos eran muy conocidos.

Leo fruncía el ceño y cambiaba el peso de su cuerpo de una pierna a la otra, pero Joanne lo ignoró.

–Electra era mi mejor amiga en la universidad. Era una mujer increíblemente audaz e... independiente. Lo pasamos muy bien en aquella época. No estaba hecha para el matrimonio, siempre decía que nunca sentaría la cabeza porque la vida ofrecía demasiadas posibilidades. «¿Por qué vivir una única vida, en un único país, con un solo hombre?», solía decir. La traje al rancho y Caesar se enamoró perdidamente de ella desde el instante en que la vio. Yo estaba enamorada de su hermano mayor, Jack, que murió por entonces.

–Lo siento.

–Gracias –una sombra cruzó el rostro de Joanne–. Pero eso fue hace mucho tiempo. Crecí siendo amiga de los Kemble, de modo que tras la muerte de Jack y cuando Electra se marchó, Caesar y yo acabamos casándonos. No mucho después de su muerte, llegó a mis manos el diario de Electra y descubrí que había tenido en secreto dos hijas gemelas de Caesar. Lizzy insistió en que le pidiésemos a Leo que las encontrase y él contrató a Connor –trasladó la mirada de Abby hacia Connor y sus ojos parecieron cuestionar más que su pregunta–. ¿Y cómo han ido las pesquisas?

La mano de Leo apretó suavemente la de Abby. Cuando ella se volvió a mirarlo, él sonrió y relajó los dedos.

–He hecho grandes progresos, pero últimamente ha habido algún tropiezo –dijo Connor, sin apartar los ojos de su hermano, como si fuese un actor esperando su pie–. Con suerte no tardaré en tener buenas noticias.

Leo inspiró agitadamente y consiguió esbozar una sonrisa. Pero su mirada no era reconfortante.

–¿Qué edad tendrían ahora esas niñas? –preguntó Abby, queriendo saber más de aquellas hermanas.

–Veintiséis años... casi veintisiete.

–Como yo –Abby miró a Connor–. Y esas gemelas perdidas... ¿no saben que son Kemble?

Joanne se quedó inmóvil.

–No. De eso estoy casi segura. Y recibirán una

fuerte impresión cuando se enteren –entonces, sin decir una palabra más, se dio la vuelta y se marchó.

Levantando su vaso de champán, Connor se lo bebió de un trago.

–Se hace tarde. Será mejor que me vaya –se giró para marcharse mirando de soslayo a su hermano.

La forma tan brusca en que se fue, al igual que la de Joanne, extrañaron mucho a Abby.

–¿Tu hermano está contento con nuestra boda? –preguntó Abby cuando se quedó a solas con Leo.

–Por supuesto. ¿Por qué lo preguntas?

–No lo sé, pero parece... preocupado. Y Joanne... creo que no le gusto.

–Te equivocas con Joanne. En cuanto a Connor, siempre ha sido así de taciturno. Lo sé bien, lo he criado yo. Y estoy seguro de que tiene que ver con su trabajo, se lo toma muy en serio.

Leo parecía estar a la defensiva. Abby percibió que sabía más de lo que estaba dispuesto a admitir.

–Como bien has dicho, tú lo conoces. Y yo no. Sean cuales fueren sus recelos, al menos ha venido. No como mi...

–Tu padre hubiese venido de haber podido.

–Para ti es fácil creer algo así. Pero no lo conoces tanto como yo.

–Cierto –como si aquello le doliese, se quedó callado.

Ella recordó todas las actuaciones suyas en el colegio a las que él no había asistido. No había venido a verla ni una sola vez, ni siquiera a la que ella protagonizaba. Pensó en la felicitación de Navidad que tenía en su cajón y que había llegado con dos semanas de retraso.

Aquél no era un matrimonio de verdad. ¿Qué importaba que Joanne se comportase de forma extraña, que Connor no lo aprobase o que su padre no hubiese venido? Leo, que parecía estar tan tenso como ella, asió su mano y se la llevó a los labios.

–Lo siento –le dijo, apretándole los dedos.

Ella miró hacia otro lado justo cuando un anciano, que se presentó como B. B. Kemble, se acercó y empezó a despotricar del viento y la sequía que había en el sur de Texas. Leo se puso a hablar con él de buena gana, seguramente porque estaba deseando olvidarse de ella y de la conversación tan tensa que habían mantenido. Pronto volvió a sonreír y Abby estuvo segura de que se había olvidado completamente de ella. Sintiéndose perdida e ignorada, se soltó de su mano y se alejó caminando.

La recepción se pasó volando y Leo y ella corrieron entre las burbujas que lanzaron los invitados mientras corrían a la limusina de Leo para ir al centro de la ciudad. Al ver que el conductor no tomaba la salida que llevaba al apartamento de Leo, Abby le tiró de la manga.

–Vamos al aeropuerto. Fin de semana de luna de miel –dijo Leo con brusquedad–. Siento no tener tiempo para más. ¿No te dijo Miriam que hicieses la maleta?

–Me dijo: «Elige ropa ligera. Para dos noches. Y no olvides el bañador». Pensé que habría piscina en tu edificio.

–La hay. Pero Miriam se equivocó con lo del bañador. Vamos a un sitio tan privado que podremos bañarnos desnudos.

El repentino calor de su mirada la dejó sin respiración.

–¿Adónde vamos?

–Es una sorpresa.

No podía dejar de mirar el cuerpo musculoso de su marido. Con el pelo negro y la piel bronceada, estaba increíblemente atractivo. Se le aceleró el corazón. Ya fuese niño o niña, su hijo sería precioso si llegaba a parecerse a él.

Leo le tendió la mano. Cuando ella la asió, él la atrajo hacia sí. Abby dejó caer la cabeza sobre su hombro y su cálida respiración le hizo cosquillas en la cabeza.

La primera noche en que habían hecho el amor, la había retenido así acurrucada contra él durante horas. Ella se había dormido sin querer abandonar sus brazos nunca... hasta la mañana siguiente, en que se había despertado sintiéndose culpable por su atrevido comportamiento.

Ambos se habían visto forzados a casarse y apenas se conocían. ¿Qué posibilidades tenía aquel matrimonio?

Capítulo Seis

Cuando Abby y Leo descendieron del jet del Golden Spurs, un viento cálido, húmedo y cargado de sal apartó a Abby el pelo de la cara. El cielo estaba cubierto de estrellas y las olas batían ruidosamente.

El aeropuerto era una tira de asfalto sobre la arena. Las hojas de las palmeras se agitaban ruidosamente junto a un hangar solitario al final de la pista.

–¿Dónde estamos? –gritó ella mientras él la conducía hasta un *buggy* de playa.

–En un arrecife privado en la costa de Texas. Pertenece a un ranchero y magnate del petróleo texano que me debe un par de favores.

Incluso si la casa no hubiese sido enorme sino pequeña y acogedora, ella se habría alegrado de poder refugiarse del viento. Enclavada tras enormes dunas de arena y rodeada de una densa vegetación, la mansión parecía la casa principal de una plantación caribeña.

En el dormitorio principal, junto a una enorme cama con dosel, encontraron una botella mágnum de champán y una botella de agua mineral dentro de un cubo con hielo.

Mientras Leo descorchaba el champán y se servía una copa, ella se preguntó quién mantendría tan limpia la mansión y dónde pasaría la noche el piloto del avión. Pero no preguntó.

Leo abrió la botella de agua y le sirvió un vaso. Tras ofrecérselo, tendió su copa hacia ella y ambos brindaron haciendo resonar el cristal.

Él no pronunció un brindis en voz alta, pero ella miró hacia la cama e hizo el suyo en silencio. «Por la suerte. Por los milagros. Por la felicidad... juntos... para siempre...». Sabía que era estúpido siquiera albergar tales deseos.

–Pareces asustada –dijo él–. En momentos como éste, intenta recordar que le gusto a Coco.

–Sin duda es un gran punto a tu favor –y otro era que había contratado a un excelente cuidador que se iba a ocupar de Coco durante su embarazo.

–Intentaré obtener el mayor número de puntos posible –dijo Leo. Sonrió al verla levantar el vaso y más al comprobar que se lo bebía de un trago. Pero al llevarse la copa a los labios le sonó el teléfono. Al ver quién era, frunció el ceño y se excusó–. Tengo que contestar. ¿Por qué no te preparas para acostarte?

¿A qué venía tanto secreto? ¿Era una llamada de negocios, o personal? Recordó la actitud severa de Connor. ¿Qué era lo que pasaba?

Pero bueno, la habitación vacía no iba a ofrecerle respuesta alguna. Era tarde, así que decidió seguir el consejo de Leo. Dudando por un instante, sacó de la maleta sus útiles de aseo y el más transparente de todos sus camisones nuevos, que era de color beis.

En el baño de mármol, se desnudó, se metió en la ducha y empezó a enjabonarse pensando en las dos noches que pasaría con Leo. Las tensiones de la boda y la recepción desaparecieron, y de pronto sintió que un terrible deseo la consumía. No habían dormido juntos desde que accedió a casarse con él. Lo deseaba... otra vez. Y sólo pensarlo hacía latir su corazón cada vez más deprisa.

Entró corriendo en la habitación, apagó las luces y se metió en la cama a esperarlo. Al cabo de media hora y al ver que no regresaba, se levantó y abrió la puerta de la terraza.

Lo único que encontró fueron palmeras agitándose, el rugir de las olas y la arena arrastrada por el viento. Cerró la puerta de golpe y se apoyó en ella. ¿Dónde estaba Leo? Sin molestarse en buscar la bata, Abby salió de la habitación en su busca. Entonces oyó su voz grave dando instrucciones y bajó corriendo hacia el vestíbulo. Al abrir la última puerta, se lo encontró sentado en la enorme mesa del estudio con dos teléfonos, uno en cada oreja.

Se detuvo en el umbral, de modo que la luz del vestíbulo la iluminó desde atrás.

Él la miró a los ojos y luego recorrió su cuerpo con la mirada antes de regresar a su rostro. Algo oscuro y poderoso inflamó sus pupilas. Ella percibió su admiración y quizá algo más. Sea cual fuere aquel sentimiento, él lo desechó con tal brusquedad que ella se quedó helada.

–Un segundo –dijo con seriedad a quienes fuera que estuviesen al otro lado de los teléfonos.

Arrugando la frente, le hizo un gesto con la cabeza.

–Perdona. Hay un incendio en el Golden Spurs. Es enorme, y culpa mía porque ayer autoricé una quema controlada de rastrojo. El fuego atravesó la carretera y mis hombres perdieron el control. La hierba está seca y hace mucho viento. Tenía que haber estado allí para supervisarlo y ahora tengo que arreglarlo. Vete a la cama. Yo dormiré aquí cerca del teléfono. No hace falta que trasnochemos los dos.

–No me importa que suene el teléfono, con tal de que vengas a la cama.

–Ya veremos –dijo–. Quizá luego más tarde.

–Pero es nuestra luna de miel.

–Lo sé –un músculo se le tensó en la mejilla, pero inclinó la cabeza, centrándose de nuevo en las personas al otro lado del teléfono.

Sintiéndose rechazada y triste, Abby pasó casi toda la noche despierta. Estuvo dando vueltas en la cama, desgarrada por sus sentimientos. Cuando conseguía quedarse dormida, tenía extraños sueños. Connor aparecía en ellos como una figura sombría que no paraba de decir: «¿Se lo has dicho ya?».

Cada vez que se despertaba, se sentía una idiota por desear tanto a Leo y más aún por sentirse dolida al ver que él prefería quedarse en el estudio en vez de estar con ella.

Alrededor de las cinco, se levantó y bajó de puntillas al vestíbulo para ver cómo estaba. Encontró a Leo, todavía en esmoquin, dormido en un sillón de piel del estudio con todas las luces encendidas. Parecía tan cansado que no quiso despertarlo y pedirle que subiera a acostarse, así que apagó las luces y lo tapó con un chal. Luego regresó al dormitorio y se acostó allí sola. Finalmente, cayó en un profundo sueño.

Una hora más tarde, Leo entró en la habitación a verla. Ella lo oyó, pero un falso orgullo la hizo fingir que estaba dormida.

Él no habló ni la tocó, simplemente se quedó allí contemplando su «sueño» sin saber que ella lo vigilaba. Luego regresó al estudio, y a Abby le resultó muy doloroso escuchar sus pasos alejarse hacia el vestíbulo.

Volvió a quedarse dormida, despertando unas horas más tarde al olor del café. Bajó corriendo al vestíbulo con el deseo de que el fuego estuviese apagado y él se encontrase de mejor humor, pero lo encontró en la cocina hablando otra vez por teléfono. Sólo que esta vez, al verla, cortó abruptamente la conversación.

–¿Has dormido bien? –le preguntó con cara seria.

Ella asintió, sin querer admitir lo mucho que lo había estado echando de menos.

–¿Y tú? –intentó aparentar despreocupación.

–No ha sido una buena noche, pero las he tenido peores –dijo fingiendo una sonrisa.

–¿Cómo va lo del fuego?

–No muy bien. Me temo que tengo que volver lo antes posible. Te llevaré a San Antonio en el avión y luego iré al Golden Spurs. Han ardido cuatrocientas hectáreas y hemos perdido algunos edificios. El fuego parece ir a peor. Tenemos que cortar o inundar la hierba a ambos lados de las carreteras del rancho para que funcionen de cortafuegos y podamos trasladar el ganado.

–¿No llegarías antes… si fuese contigo?

–Sí, pero no pretendo... Quiero decir que el Golden Spurs es asunto mío, no tuyo.

De pronto le cambió la cara y ella se preguntó en qué estaría pensando.

–¿Qué? –dijo ella.

–Nada –rezongó él en voz baja.

–Entonces iré contigo. Ahora es también asunto mío. Soy tu mujer.

–Como quieras –la expresión de su rostro era imposible de descifrar, pero asintió con la cabeza.

–Estaré lista en cinco minutos.

–No, desayunemos primero. Estoy cansado, pero esto no es nada comparado con lo que nos espera.

Al igual que en casa de Abby, estaba a gusto en la cocina. En unos minutos estuvieron sentados a la mesa frente a un vaso de zumo de naranjas recién exprimidas, huevos, tostadas y beicon. Luego hicieron las maletas y él llevó las bolsas de Abby hasta el vehículo de playa.

Una vez hubieron despegado, ella miró con nostalgia la casa de la isla y la franja de playa que tenía delante.

–Siento que no hayamos tenido una luna de miel en condiciones –dijo él.

Aunque no parecía sentirlo. Tenía el rostro demacrado. Estaba absorbido por la preocupación y aun así, de vez en cuando ella lo descubría mirándola casi en el mismo modo en que Connor lo había hecho durante la fiesta, como si también le preocupase algo que tenía que ver con ella.

La pregunta de Connor seguía repitiéndose en su cabeza.

«¿Se lo has dicho ya?».

¿Estaba siendo egocéntrica al pensar que se refería a ella?

A ochenta kilómetros del Golden Spurs se veían unas columnas gigantes de humo. Conforme se acercaban, Abby vio a los vaqueros a caballo trasladando el ganado. Leo se dirigió a la cabina y ordenó al piloto que volase bajo por encima de todo el rancho. Hizo fotografías y tomó notas sin dejar de hablar por teléfono con Kinky Moore, el capataz del rancho.

Cuando aterrizaron finalmente tras la enorme casa de tejado rojo y sus dependencias exteriores, el aire estaba impregnado de un olor acre a quemado. Kinky se acercó corriendo y le dijo a Leo que la casa estaba a salvo gracias a la dirección del viento.

–Tenemos que ir al sur de Black Oaks a empapar una cabaña de caza y trasladar ganado. Mia, Cole y Shanghai están ya allí intentando salvar la antigua casa de Knight.

Leo contempló el cielo ennegrecido y luego se volvió hacia Abby.

–No tenía que haberte traído. El fuego es más grande y está más cerca de la casa de lo que pensaba.

–No hay tiempo de cambiar eso ahora. Estaré bien.

–Quédate dentro de la casa hasta que vuelva. Mantén el teléfono cargado y a mano.

–Quiero ir contigo.

–¡No!

Ella quería haber insistido, pero la expresión de Leo era dura e inflexible y la situación demasiado caótica. Había coches de bomberos y bulldozers por todas partes, y la atmósfera estaba cargada de adrenalina. Bomberos exhaustos cruzaban corriendo, gritando órdenes al teléfono y discutiendo con vaqueros sudorosos y cubiertos de hollín sobre la mejor forma de combatir el fuego.

Cuando los vaqueros vieron a Leo, le gritaron e hicieron señas para que se uniese a la discusión que éstos tenían con los bomberos. Los bomberos querían encender varios fuegos de forma controlada, pero los vaqueros alegaban que, si cambiaba el viento, perderían ganado y posiblemente la Casa Grande. Leo se opuso larga y firmemente, pero los bomberos se negaron a escucharle.

Un segundo después Leo volvía a estar al teléfono.

–¡Shanghai! ¡Los bomberos van a incendiar el pasto siete! Allí tenemos pabellones de caza y, si cambia el viento…

Luego echó a correr, gritándole a Kinky. Al ver que los dos hombres se marchaban en el todoterreno de este último, Abby corrió hacia ellos y se asió al picaporte de la puerta de Leo.

–Leo… Ten cuidado.

Estaba despeinado y tenía el semblante marcado por el cansancio y la preocupación. Ella deseaba sacarlo del coche y abrazarlo con fuerza, besarlo en la boca y decirle algo, cualquier cosa, antes de que se marchase, pero su rostro sombrío permanecía inmutable aunque la abrasaba con la mirada.

Kinky giró la llave y el enorme vehículo emitió un ruido infernal.

–Leo… No me dejes.

Él apretó la mandíbula y le hizo señas a Kinky para que se marcharan.

La última imagen de él se le quedó grabada en la mente. ¿Y si no volvía?

Excepto por dos noches de sexo compartido, apenas conocía a aquel hombre. ¿Cómo podía albergar sentimientos tan intensos hacia él cuando estaba claro que él no los correspondía?

Al entrar en la casa y descender a la planta de abajo encontró en la cocina a Sy'rai Moore, a la que había conocido en la recepción, cocinando y lavando platos con Lizzy y Joanne. En una esquina, Vanilla construía un muro en el suelo con un juego de bloques.

Bomberos y vaqueros descansaban en la casa entre turno y turno, luchando valerosamente por parecer alegres y felices en los pequeños comedores que había alrededor de la cocina.

Sy'rai le contó que habían acudido corriendo a la casa en cuanto supieron del fuego y le repitió que Mia, Shanghai y Cole estaban intentando salvar la antigua casa de Knight.

Sin querer pensar en sus temores por Leo, Abby se puso un delantal.

–¿En qué puedo ayudar?

–Haciendo lo mismo que nosotras –dijo Joanne–. Tenemos un montón de hombres cansados y hambrientos.

A las seis el humo era tan espeso en el sótano que a Abby le ardía la garganta y le lloraban los ojos. Les dijeron que las cosas iban mal en Black Oaks. Asustada, intentó llamar a Leo para averiguar qué estaba pasando, pero no obtuvo respuesta.

En la televisión, un presentador informó con pesimismo de que habían ardido más de doce mil hectáreas y que se esperaba un cambio en la dirección del viento.

En el Golden Spurs, cerca de Black Oaks, ha habido que lamentar dos víctimas mortales, pero sus nombres no se han desvelado aún en espera de que se informe a los familiares.

El pánico se apoderó de Abby. Con el corazón en vilo, volvió a llamar a Leo. No había respuesta. ¿Y si...?

Apretó el teléfono contra su pecho mientras veía imágenes aéreas que mostraban cómo un pabellón de caza estallaba en llamas. Justo cuando la cámara recorría la casa de Black Oaks, reducida a un montón de escombros ardiendo, Kinky irrumpió en la cocina.

Sy'rai corrió hacia él y lo rodeó con sus brazos. Tenía la cara y la ropa cubiertas de hollín; y se había quedado ronco.

–Leo… ¿viene Leo contigo? –susurró Abby.

Negó con la cabeza y luego la miró con ojos cansados.

–Estamos evacuando el edificio principal. ¡Que todo el mundo recoja sus cosas y se prepare para salir pitando de aquí! ¡Sólo tenemos media hora!

–¿Pero has visto a Leo?

–¿Qué sabes de Cole… y Mia y Shanghai? –preguntó Lizzy.

–La última vez que los vi estaban en pleno incendio en Black Oaks. Ya has visto las imágenes en la televisión. Sabes tanto como yo.

–Pero tú lo llevaste allí en tu coche –gritó Abby.

–Lo llevé al infierno, eso es lo que hice.

Kinky subió las escaleras y empezó a gritar órdenes. En seguida los vaqueros empezaron a sacar de la casa valiosas antigüedades y pinturas para cargarlas en sus camionetas.

Desesperada, Abby volvió a marcar el número de Leo. Al no obtener respuesta, corrió afuera a reunirse con Lizzy y Sy'rai, que habían empezado a mojar la casa y los terrenos y árboles de alrededor con mangueras.

Sy'rai estaba uniendo mangas con el fin de alargarlas lo suficiente como para subirlas al tejado y empaparlo también. Abby se ofreció a ayudarla.

Cuando los camiones cargados de antigüedades y cuadros estuvieron listos para partir, Kinky le dijo que tenía que marcharse. Joanne estaba ya sentada en uno de los vehículos con Vanilla en brazos.

–Leo me dijo que lo esperara aquí.

–Nadie ha sabido de Leo desde hace más de una hora. La última orden que me dio fue que cuidase de ti. ¿Por qué no te vas con Joanne?

–Pienso quedarme hasta que vuelva.

–Demonios. Sólo unos locos testarudos como Sy'rai o como yo se quedarán aquí a salvar la casa o morir en el intento. El fantasma de Caesar me perseguiría para siempre si este lugar ardiese porque yo me marchara abandonándolo.

–Yo también me quedo.

–Tú no formas parte de este lugar. Nosotros somos familia.

La forma en que pronunció la palabra «familia» la hizo sentirse celosa.

–¡Leo está ahí fuera! ¿Crees que se marcharía si fuese yo la que estuviese allí y él aquí?

–Quiere que estés a salvo.

–Me dijo que me quedase.

–No pareces una mujer muy obediente –Kinky la miró, intentando que ella apartara la vista, pero en lugar de eso Abby se irguió y cruzó los brazos sobre el pecho. Así estuvo un minuto entero, hasta que finalmente Kinky se encogió de hombros apartando la vista.

–No hay nada peor que una mujer testaruda. –dijo. A pesar de todo, una sonrisa se dibujó en sus labios manchados de hollín mientras miraba a Sy'rai, que tiraba de una manguera–. Debería saberlo. Demonios, ¡he estado casada con una casi toda mi vida! Venga, agarra una manguera antes de que a Sy'rai le dé un ataque al corazón. Ayúdale a mojar el Spur Tree y la hierba que lo rodea.

–¿El Spur Tree?

–¡Allí! Al otro lado de aquella carretera. Es el árbol del que cuelgan las espuelas.

Kinky se giró hacia una pareja de vaqueros.

–Chicos, necesitamos un cortafuegos alrededor de la casa. ¡Rápido!

Unas nubes negras y oscuras se acercaban desde el sur, donde estaba Leo. El humo se hacía más espeso, quemándoles la nariz y los pulmones.

–Leo –susurró Abby corriendo con una manguera hacia el árbol cubierto de espuelas relucientes.

Capítulo Siete

A un kilómetro de distancia, Leo vio un muro de llamas y nubes de humo negro justo delante de la Casa Grande. La pérdida de la de Black Oaks todavía estaba fresca en su memoria. Y la Casa Grande parecía atrapada en medio del incendio... o se había perdido ya. Desde allí no podía decirlo con seguridad. Pero las casas, incluso las legendarias e históricas como la Casa Grande, eran simplemente casas. Kinky seguramente la había evacuado hacía horas, así que al menos no tenía por qué preocuparse por Abby y el niño.

Si llegaba a perderlos... Se negó a pensarlo siquiera. Tenía que creer que estaban a salvo.

Leo tenía el pelo y la ropa chamuscados. Le dolía todo el cuerpo y tenía miles de espinas clavadas en la piel. Sentía los ojos y los párpados secos y ásperos de tanto humo, y le ardían los pulmones.

Quería tumbarse en la carretera. Quería beber algo, pero siguió caminando a paso lento y penoso. Tras él, escuchó los pasos de Mia y algún que otro gemido. Se apoyaba pesadamente en Shanghai y en Cole. Leo no podía creer que Shanghai la hubiese dejado combatir el fuego con él, pero conociendo a Mia, no le extrañaba: había logrado sobrevivir a un secuestro a manos de un traficante.

Dicen que la gente mala, cuando muere, va al infierno. Pero Leo no estaba seguro en absoluto. Acababa de aprender que para ir al infierno no hacía falta estar muerto.

Recordaba haberle gritado «¡corred!» a Shanghai, Cole y Mia al ver que las llamas arrasaban el robledal que rodeaba la casa de Black Oaks. Alrededor de ellos caían ramas ennegrecidas, astillándose y lanzando chispas en todas direcciones. Una de ellas alcanzó la camisa de Leo y le prendió fuego. Todavía podía oír cómo crepitaban las llamas cuando se sumergió en el arroyo, viéndolas caer ardiendo a su alrededor mientras ellos se acurrucaban bajo un saliente de una roca.

Tenían suerte de estar vivos. Si el arroyo que había detrás de la casa hubiese estado trescientos metros más lejos o el fuego hubiese sido más rápido, no lo habrían contado. Pero las llamas habían avanzado rápidamente a través de los árboles sin quemar todo el oxígeno, sólo quemando a medias las ramas antes de dirigirse hacia el norte en dirección a la Casa Grande.

Leo recordó su última imagen de Abby. Estaba muy asustada cuando se despidieron. Quería saltar del vehículo, abrazarla y no dejarla marchar nunca, pero sabía que, de haberle dirigido la palabra, no habría sido capaz de abandonarla.

¿Por qué aquella mujer? ¿Por qué ella? Nunca se había planteado volver a ser padre, pero desde que le habló del bebé, se había sentido especialmente protector con respecto a ella. ¿Se debía únicamente a su verdadera identidad y a que él era un cerdo ambicioso? ¿O es que siempre había significado algo más para él?

***

Abby se aferró a Lizzy en la humedad sombría del sótano. Los gruesos muros parecían cernirse sobre ella. Sólo podía pensar que Leo estaba fuera en algún lugar de aquel rugiente infierno.

–Tiene que estar bien –susurró Abby–. Tiene que estarlo.

–Es muy listo –dijo Lizzy–. Si alguien puede cuidar de sí mismo ahí fuera, ése es Leo.

–¿De verdad lo crees?

–Sí.

Entonces Kinky abrió la puerta del sótano.

–¡Podéis salir! El fuego ya ha pasado. Hemos perdido el garaje, pero la Casa Grande está a salvo.

Mientras subían la escalera, Lizzy comentó:

–Esta habitación se construyó para proteger a la familia y los vaqueros de los ataques de los indios y los mexicanos. ¿Quién iba a pensar que la utilizaríamos durante un incendio?

Lizzy y Abby subieron de la mano el último peldaño de las sombrías escaleras. La casa seguía en pie, aunque obviamente olía mucho a quemado y necesitaba una buena limpieza. Al salir y ver los robles y palmeras abrasados y cómo se iban consumiendo el césped y el garaje se aferraron la una a la otra. La tierra quemada se extendía hacia el este y al sur tan lejos como les alcanzaba la vista.

Soltando a Lizzy, los ojos de Abby pasaron de la enorme mansión a las brillantes espuelas del Spur Tree. Luego volvió a mirar hacia el sur en dirección a Black Oaks, y se vio envuelta en un silencio sepulcral.

¿Dónde estaba Leo?

Abby leyó la desolación en los ojos de Lizzy, notando su preocupación por su marido y su hermana.

Pero ninguna de las dos dijo nada: tenían demasiado miedo de perder el control.

Abby abrazó a Lizzy.

–Por ahora, debe bastarnos con que la Casa Grande y los que nos hemos quedado aquí estemos a salvo.

Lizzy se mordió los labios:

–Aún podemos rezar y esperar, ¿no es así?

Entonces Kinky les ordenó que agarraran palas y echasen tierra a las ascuas.

–Comprobad si el agua sigue teniendo presión. Quedan mangueras en el sótano, agarradlas y volved a mojar los árboles para evitar que prendan de nuevo.

Abby se mantuvo ocupada regando los árboles. Un par de horas después, estaba sentada secándose el sudor de la frente cuando oyó que Kinky gritaba. Levantó la vista y vio a lo lejos varios hombres tiznados que se acercaban por la carretera haciendo señas. Una de aquellas desaliñadas figuras era un hombre de espalda ancha, con la camisa hecha jirones. Parecía estar agotado y tener los pies doloridos, porque se le acercó arrastrándolos a través de la hierba quemada.

–¡Abby! –la voz profunda de aquel hombre sonó ronca y extraña, pero a ella le provocó un escalofrío en la nuca. De pronto sintió como si el agotamiento hubiese dejado de pesarle. Había algo en su forma de andar, en sus hombros anchos.

El corazón de Abby empezó a latir con fuerza y se llevó la mano a la garganta. Intentó levantarse, pero le fallaron las rodillas y tuvo que ayudarse con la mano libre.

Entonces Lizzy gritó el nombre de Cole y la adelantó corriendo para abrazarse a dos de aquellos espantajos.

–¿Leo? –dijo Abby. Sintió el rostro mojado por las lágrimas–. ¡Leo!

El corazón de Abby dio un salto, después se detuvo y luego empezó a acelerarse de nuevo. Pensó que iba a vomitar y temió desmayarse. Leo echó a correr. Ella se puso de pie de un salto y cruzó corriendo el patio, lanzándose a sus brazos.

Al aferrarse a su espalda, él hizo un gesto de dolor y ella le dijo:

–Lo siento, lo siento de veras –pero él la seguía agarrando con fuerza, apretándola contra su cuerpo. Inclinó la cabeza tiznada y le dio un beso impulsivo y ardiente, vehemente y apasionado. Tenía la barbilla áspera y sabía a hollín, a suciedad, a broza.

Pero a ella no le importaba. Le tomó la cara con las manos. Estaba vivo. Su boca estaba llena de vida y sus besos la inundaron de un inmenso deseo y una alegría incontrolable.

De pronto él la soltó tan bruscamente que, de no agarrarla por los brazos se hubiese caído hacia atrás.

–¿Pero qué demonios haces tú aquí? –bramó. Y empezó a soltar maldiciones.

–Calla. El niño puede oírte. Me dijiste que te esperase.

–Muy bien, échame la culpa a mí. Estás loca, ¿es que no sabes que podías haber muerto?

–Pero estoy viva, así que no hay razón para que te enfades.

–¿Que no hay razón? El niño podía haber...

–¿Y tú? Tú también me has asustado. ¿Crees que podía marcharme sabiendo que seguías ahí fuera?

Algo en la expresión en su cara debió de impresionar a Leo, porque su rostro serio se suavizó levemente.

–Abby… Abby… –bajó la voz hasta un arrullo y le alzó la cara con los dedos–. Oh, Abby…

Volvió a besarla suave y tiernamente, hasta que los dedos de ella se curvaron en su pecho. La abrazó como ella soñaba que la abrazase, como si no quisiera dejarla marchar nunca. En aquel momento se sintió tan feliz que casi olvidó lo que le asustaba la idea de amar y ser amada.

Al día siguiente temprano, Abby, Lizzy y Leo se encontraban frente al Spur Tree bajo el azul del cielo.

–Voy a echarte de menos –dijo Lizzy–. Excepto por aquella otra visita, sólo te he visto... un día o dos, pero ya eres casi una hermana para mí.

–Quizá sea porque hemos pasado por muchas cosas juntas.

–Leo, ¿te he contado que me ayudó a salvar el Spur Tree? –preguntó Lizzy.

–Unas diez veces solamente.

–No lo habría logrado sin ella.

Al verlas juntas, el rostro de Leo se tensó.

–Tuvimos suerte –dijo Abby, tomándolo de la mano e intentando acercarlo hacia ella.

–No, fue un milagro –dijo Lizzy–. Han ocurrido muchos, muchos milagros por los que estar agradecidos hoy.

Puede que Lizzy tuviese razón, puede que fuese un milagro. El viento había cambiado de dirección y después había amainado. El incendio estaba controlado y había una tormenta en el golfo que se dirigía hacia la costa e iba a traer lluvias.

–Tenemos que hacer una cosa antes de que os vayáis –dijo Lizzy–. Cierra los ojos, Abby, y abre la mano derecha.

Con una silenciosa agitación interior, Abby sonrió:

–Me siento como si tuviese ocho años y estuviese jugando con Becky.

Leo se puso tenso.

–¿Becky? –preguntó Lizzy.

–Mi hermana gemela –explicó Abby.

–Extiende el brazo –ordenó Lizzy. Algo pesado y puntiagudo tintineó en la mano de Abby–. Ya puedes abrir los ojos.

Abby lanzó un grito ahogado.

–¡Son espuelas! Gracias, las guardaré como un tesoro.

–No, no son para llevar. Como te vas a marchar, se quedarán en el árbol. Es una tradición que mantenemos desde hace casi ciento cuarenta años.

Lizzy tocó unas espuelas que colgaban del árbol, haciéndolas sonar.

–Éstas son las de mi padre –luego tocó otras– y éstas del tío Jack. Cada vez que un vaquero del rancho muere o se marcha, colgamos aquí sus espuelas. Y cuando personas que han sido importantes para el rancho como tú, se marchan, también colgamos aquí sus espuelas. Hasta Leo deja un par en el árbol cuando se va a San Antonio.

–Gracias, gracias Lizzy.

–De este árbol cuelgan también las de mi auténtica madre.

–¿Pero no es Joanne…?

Lizzy negó con la cabeza.

–Joanne estaba embarazada de Mia, fruto de su

relación con tío Jack, cuando se casó con mi padre. Yla mujer a la que amaba papá estaba embarazada de mí. Entonces tío Jack murió de una caída cuando montaba a caballo, y como Electra, mi verdadera madre, no quería casarse con papá, Joanne y él fingieron que Joanne esperaba gemelas para criarnos a Mia y a mí como tales. De hecho, hasta hace muy poco no supimos que en realidad éramos primas, y no hermanas. Ignoraba que mi madre biológica era una mujer llamada Electra Scott.

–¿La famosa fotógrafa? Joanne me habló de ella.

–¿De veras? Puede que haya hecho las paces con ella. Hubo un tiempo en que fueron muy amigas.

–Me dijo que Leo estaba buscando las gemelas perdidas de tu padre.

–Mis hermanas. Cuando Joanne leyó el diario de Electra y descubrió que ésta y papá habían roto tiempo después de su matrimonio con él, aquello le afectó mucho.

Leo parecía tener los nervios a flor de piel.

–¿Y cómo va la investigación, Leo?

–¿Cómo?

–Que si hay alguna noticia sobre las gemelas perdidas.

–Algo hay –soltó la mano de Abby y dio un paso atrás–. ¿Vais a colgar las espuelas o no?

–¿Estás bien, Leo? –susurró Abby.

–Dijiste cinco minutos. El jet está esperando.

–Ve tú delante –dijo Abby–. Me reúno contigo en un minuto.

Él dudó, claramente escéptico. Luego giró sobre sus talones y se dirigió a la pista de aterrizaje.

–Hombres –dijo Lizzy–. Cole puede ser igual de

impaciente a veces. Pero nunca había visto a Leo así, normalmente es mucho más tranquilo.

–Está cansado. Podría haber muerto ayer. Pasamos media noche en urgencias, así que supongo que es comprensible.

–¿Está bien?

–Sí, sólo tiene algunos cortes y hematomas. Y le afectó la inhalación de humo. De pronto se muestra inusualmente irritable. Pero como dijiste, tenemos que agradecer muchos milagros.

–Entonces será mejor que te des prisa. Si un hombre necesita una buena dosis de sueño y muchos mimos de su esposa... Porque no habéis tenido prácticamente luna de miel, ¿no?

–No. Al menos, no por el momento.

Abby sintió que le ardía la cara. Habían pasado juntos la noche anterior, pero estaban tan cansados que se habían dormido nada más acostarse. Al despertar, se había encontrado sola en la cama. Leo se había marchado sin una palabra, un beso o una muestra de afecto. Estaba abajo en la cocina, hablando con Kinky y los vaqueros.

No queriendo ahondar en lo poco romántica que había sido la noche ni tener a Leo esperando, Abby levantó sus espuelas y se acercó al árbol en que colgaban tintineando decenas de ellas.

Después de inspeccionar cada rama y leer lo que algunas espuelas llevaban grabado, colgó las suyas en una rama gruesa a la derecha, junto a las de Caesar.

Leo caminaba con decisión sobre la tierra quemada y a mitad de camino hacia la pista su teléfono le vibró en el bolsillo. Con impaciencia, se lo llevó al oído.

–¿Cómo van las cosas por ahí abajo? –preguntó Connor. Había llamado varias veces y habían hablado. Además, había estado pendiente de las noticias, por lo que estaba al tanto de prácticamente todo.

–Bien. Cuando evacuamos el rancho, Abby decidió quedarse. Ayudó a salvar la Casa Grande y el Spur Tree. Cielos, se ha convertido en la heroína del momento. La familia la adora.

–Su familia. Eso sí que es una buena noticia.

–Lizzy acaba de darle unas espuelas honorarias. De hecho, ahora mismo está a punto de colgarlas en el mismo árbol en que las colgó su padre.

–Pues será mejor que le digas ya quién demonios es. Y cuanto antes.

–Primero me gustaría asegurarme de que está de mi parte.

–Siempre mirando por ti mismo, ¿no es así, hermano mayor?

–Esta mañana ando muy escaso de paciencia. Muy escaso.

–Lo entiendo, después de todo lo que has pasado. No quiero ponerme ñoño contigo, pero ayer me preocupé bastante y estuve a punto de ir para allá cuando nadie sabía dónde estabas y vi esos dos cadáveres metidos en bolsas en la televisión. Tengo que admitir que recé un par de veces.

–Eran inmigrantes ilegales que estaban atravesando el rancho.

–Pobre gente. ¿Sabes? Me ayudaría que le preguntases a Abby por Becky. Podrías hacerla hablar de las aficiones y los sueños que tenía. Nunca se sabe... podría ayudarme a encontrarla.

Leo hizo una mueca. Sólo pensar en interrogar a Abby sobre su hermana le hacía sentirse más culpable que la noche que obtuvo la muestra de ADN antes de acostarse con ella.

–Está bien –consintió Leo.

–Estupendo. Tengo que dejarte, pero antes te lo diré una vez más. Díselo en la primera oportunidad que tengas.

–Puede que seas mi único hermano, pero cuando metes la nariz en mis asuntos, puedes llegar a convertirte en un ser insoportable.

–¿Para qué están los hermanos si no?

Leo colgó el teléfono.

¿Decírselo? Sólo pensarlo le aterraba. ¿Y si la perdía?

Capítulo Ocho

Abby apretaba la nariz contra la ventanilla del avión. El cielo estaba limpio y despejado, y los campos se veían inusualmente marrones conforme se acercaban a las afueras de San Antonio.

Leo, inclinado sobre un libro de contabilidad que le había dado Kinky, apenas le había dirigido la palabra durante el vuelo. ¿Por qué lo hacía?

¿Le molestaba alguna cosa? ¿Algo que ella había hecho? ¿Se sentía atrapado en su matrimonio? Se había mostrado frío y calculador la noche anterior. ¿Se habría arrepentido...?

Llevaban casados dos días enteros y él apenas la había tocado, pero de algún modo ella se sentía unida a él, profunda e inconscientemente.

Teniendo en cuenta por lo que había pasado, por la mañana había estado bastante amistoso y normal. Hasta que Lizzy los había llevado al Spur Tree y le había dado aquellas malditas espuelas. Al pensar en Lizzy y en las espuelas se acordó de las hijas gemelas perdidas de Caesar. Sabía que Leo era concienzudo en extremo y que se sentía responsable del fuego. Lizzy le había preguntado por las gemelas. ¿Se sentiría tan culpable por no haberlas encontrado como ella porque nunca encontraron a Becky? Al parecer llevaba bastante tiempo buscándolas.

–Espero que no te sientas mal por no haber encontrado a las hermanas de Lizzy –susurró. Pensó en Becky, que había desaparecido sin dejar rastro. Ella más que nadie sabía lo frustrante que era intentar encontrar a una persona desaparecida.

Él inspiró con fuerza pero no levantó la vista.

–Las encontrarás –le dijo en tono tranquilizador.

Leo tragó saliva.

–Estoy cansado, ¿vale?

–Claro, lo entiendo –pero no dejó de mirarle.

–Connor es quien está a cargo de su búsqueda. Supongo que pesa más sobre su conciencia que sobre la mía.

–¿Qué les pasó? ¿Por qué resulta tan difícil encontrarlas?

Entonces Leo cerró el libro de golpe y ella supo que él quería que lo dejase en paz. Bien, pero lo de casarse había sido idea suya. Quizá le había llegado el momento de enterarse de que, si estaban juntos, ella no iba a soportar que la ignorase.

–Leo, te he preguntado que por qué es tan difícil...

–Ya te oí, ¿vale? –respiró hondo–. Electra era famosa y Caesar también. Ella no quiso estropear el matrimonio de Caesar, así que dio a las niñas en adopción y todo lo hizo en secreto, en una agencia que accedió a una adopción anónima. De modo que conseguir esos informes ha sido arduo y complicado.

–¿Y los tienes?

Asintió con seriedad.

–Pero a menudo, cuando dos personas adoptan en una situación como ésta, también ocultan su identidad –explicó–. Puede que ni siquiera tengan la intención de decirles a sus hijas que son adoptadas. Y dado que las niñas deben tener ahora alrededor de veinte años…

–Dijiste que tenían casi veintisiete. Mi edad.

Él volvió a tragar saliva.

–Cierto –dijo–. Con esa edad, podrían estar en cualquier parte.

–Entonces, ¿Connor es realmente bueno buscando a personas desaparecidas?

–Es a lo que se dedica.

–Pues como sabes, yo también tengo una hermana perdida. ¿Crees que se lo podríamos comentar? Desapareció con ocho años y, desde entonces, es como si hubiese desaparecido con ella una parte de mí misma.

Él sacó una licorera de una mesa baja, se sirvió un vaso de whisky y se lo bebió de un único trago.

–Es terrible –respondió.

–También éramos gemelas. Es una extraña coincidencia, ¿no te parece?

–¿De verdad? ¿Gemelas? ¡Sí! ¡Claro que sí! ¡Desde luego que lo es!

El jet tropezó con una bolsa de aire justo en el momento en que Leo se tornaba lívido como un fantasma y sus ojos brillaban de un modo extraño. Ella le apretó la mano para tranquilizarlo, y entonces él se asustó. Luego el avión empezó a sacudirse por la turbulencia y su mirada se volvió tan intensa que ella tomó aire asustada.

–¿Qué pasa? ¿Le ocurre algo al jet?

–No. Sólo son turbulencias. Perdona si te he asustado. El avión se está estabilizando, no pasa nada.

–Es una coincidencia tremenda que tenga la misma edad que las gemelas perdidas... y el hecho de que yo tenga una hermana gemela desaparecida.

–Sí, supongo que sí –inspiró con fuerza–. ¿Y dices que tu hermana desapareció? ¿Cómo fue, y cuándo?

–Fue cuando teníamos ocho años –dijo de corrido–. Habíamos hecho tanto ruido en la tienda en la que estábamos acampados en las Montañas Franklin de El Paso, que nuestros padres nos obligaron a salir. Estábamos jugando, persiguiéndonos y escondiéndonos la una de la otra. Entonces echamos a correr detrás de un guajolote y cuando el sol empezó a ponerse me di cuenta de lo mucho que nos habíamos alejado de la tienda, así que di la vuelta y eché a correr colina abajo. Becky me gritó que la esperara... Pero no lo hice, a pesar de que parecía muy asustada.

–¿Y entonces?

–Pensé que me seguiría como siempre. Tenía más miedo a la oscuridad que yo... ¿y por qué te cuento todo esto, con todo lo que tienes ya en la cabeza?

–Porque yo te he preguntado –su tono era tranquilizador.

–Nadie volvió a verla jamás –susurró ella.

Leo tomó su mano y entonces el dolor que ella había llevado dentro durante tantos años se desbordó.

–Mi padre pensó que todo era culpa suya. Había estado en México justo antes, escribiendo sobre cosas que gente con poder no quería que saliesen a la luz. Cree que se la llevaron al otro lado de la frontera. Pero yo sabía que la culpa había sido mía. Si no hubiese corrido dejándola allí, quizá no se habría perdido. Y quizá mis padres no se habrían divorciado. Quizá mi madre no habría muerto. Y quizá no hubiese salido con todos esos vaqueros que nunca me quisieron. Pero yo no quería que me quisieran, ni siquiera Shanghai. Porque entonces me habrían abandonado. Y si no me hubiese separado de ella aquel día, quizá mi padre habría hecho cosas conmigo y por mí como, por ejemplo, venir a nuestra boda. Entonces rompió a llorar sintiéndose estúpida.

–Shh. Estás siendo demasiado dura contigo –sacó un pañuelo de una cajita que había sobre una mesa y se lo ofreció–. Ten, suénate la nariz.

–Es... esto es por lo que nunca hablo de ella –dijo entre sollozos –por lo que intento no pensar nunca en ella, po... porque me afecta mucho. Supongo que todo este asunto de las gemelas desaparecidas me ha removido por dentro.

–Entiendo –Leo la miró pensativo–. Antes hablaste de comentárselo a mi hermano –parecía medir sus palabras–. Quizá deberías telefonear a Connor y contarle todo lo que sepas sobre Becky. Todo.

–Ha pasado mucho tiempo. Casi no me atrevo a desear que ni siquiera él pueda encontrar...

–Con suerte, nos sorprenderá –dijo Leo tristemente. Le apretó más fuerte la mano y ella se preguntó por qué de pronto sonaba tan abatido.

Como si detectara su preocupación, Leo la rodeó con el brazo de forma tan tranquilizadora que ella se aflojó el cinturón de seguridad para acurrucarse contra él. Deseó que él le siguiera hablando, porque quería contarle más cosas de Becky, pero no dijo nada. En lugar de eso, un largo silencio se hizo entre ambos. Leo tenía el cuerpo tenso y duro. Ella pronto se dio cuenta de que un muro aún más alto los separaba, un muro que no sabía cómo derribar. ¿Por qué de repente estaba tan callado y poco comunicativo cuando después de la primera noche con él se había mostrado tan atento? Antes de casarse con ella, quería volver a verla todo el tiempo. Y hacía sólo unos minutos había escuchado lo que le había contado de Becky, pero ahora volvía a cerrarse en sí mismo dejándola de lado.

–¿Leo? ¿Pasa algo? ¿He dicho o hecho algo...?

–Estoy bien. Sólo un poco cansado.

Su nerviosismo parecía ir en aumento. Después de aterrizar, fueron en coche a su casa, deteniéndose brevemente a comprar provisiones. Sin decir una palabra, Leo se adelantó por el porche trasero y descargó las bolsas. Luego le dijo que tenía mucho trabajo pendiente, llamó a la oficina y pasó varias horas hablando por teléfono con unos y con otros. Ella habló con Kel y se puso al día en sólo cinco minutos. Viendo que Leo seguía metido en el otro dormitorio con el teléfono, preparó una cena fría a base de queso, zanahorias y sardinas, y cenó sola. Al igual que en la noche de bodas, se bañó y se cepilló el pelo hasta dejarlo brillante. Luego se puso su camisón más transparente y se dejó la bata entreabierta, pero cuando Leo llegó finalmente, llevando sólo el pantalón del pijama, se limitó a besarla en la mejilla, girarse hacia su lado de la cama dándole la espalda y quedarse allí en silencio.

Aguantándose las lágrimas, ella lo fulminó con la mirada. ¿Por qué no intentaba seducirla como la noche en que le pidió en matrimonio?

–¿Leo? ¿Estás bien?

–Sólo estoy cansado –susurró–. Duérmete.

Estaba recién casada y ambos habían estado al borde de la muerte. Se había sentado en aquel sótano, aterrorizada ante la idea de que él estuviese muerto. Deseaba que la envolviera entre sus brazos y le hiciese el amor de forma apasionada. Pero no estaba dispuesta a rogarle que lo hiciese.

Los números en rojo del despertador parpadeaban marcando las 2:00 a.m. cuando la respiración de Abby finalmente alcanzó un ritmo suave y regular. «Por fin», pensó Leo. «Puede que pronto consiga conciliar el sueño yo también. Y, por Dios, mejor que sea así».

Sabía de sobras, por el camisón que ella había escogido y que no dejaba nada a la imaginación, que Abby lo deseaba. Igual que sabía por su tono crispado que le había dolido que la besara con frialdad y le diese la espalda. Pero él se había quedado tumbado allí, con el corazón latiendo de deseo y la mente atormentada por la culpa.

Ella había tardado horas en quedarse dormida. Leo lo sabía porque se había vuelto loco con el parpadeo del despertador y porque la oía removerse.

Ahora, dormida, se acurrucó contra él y la calidez de su cuerpo invadió el lado de la cama en que se encontraba él. Dios. Se mordió el labio inferior y se giró para contemplar su cuerpo esbelto y moldeado por el edredón.

A la luz de la luna, su pelo suelto y dorado brillaba como la seda sobre la almohada.

Quería tocarle el pelo, introducir los dedos en él, besarla y recorrer su cuello pálido con la boca. Anhelaba su olor, su suavidad, su sabor. Y había deseado todo aquello la noche anterior, pero sabía al igual que entonces que con sólo asirle la mano hubiese sido incapaz de controlarse. El hecho de haberla engañado y haberse acostado con ella les había llevado a un mal comienzo que sólo podría repararse a base de honestidad. Pero ¿estaba preparada para saber la verdad?

Leo tragó saliva. Acostarse junto a Abby sin tocarla, sabiendo que estaba despierta, inquieta y necesitada como él, había sido la más cruel de las torturas. Se había quedado allí, recordando el miedo que había en sus ojos castaños cuando se acercó al coche de Kinky antes de que salieran hacia Black Oaks. Tampoco podía olvidar la alegría que había en sus ojos cuando descubrió que él estaba vivo. Nunca olvidaría el modo en que se arrojó en sus brazos una vez que el fuego se había alejado de la casa.

Nadie sería capaz de fingir tales sentimientos. Ella había puesto el alma y el corazón en aquel beso. Igual que él.

En todo caso, sus sentimientos fueron incluso más fuertes que los de ella, quizá porque él había vivido la mayor parte de su vida sin amor. Desde aquel momento frente a la Casa Grande, supo que la quería mucho más de lo que jamás había imaginado que pudiese quererla.

En medio de las llamas en Black Oaks, combatiendo el fuego y luchando por salvar su vida, ella y el bebé habían ejercido sobre él un poder inexplicable, casi mítico. Había deseado sobrevivir únicamente para volver a estar con ellos. Había deseado tener la oportunidad de convertirse en el amante de Abby, en su marido, en el padre de su hijo.

¿Cómo podía confiar en no romperle el corazón al decirle la verdad? Tenía que buscar el modo de ganársela... para siempre. Porque si la perdía, sabía por experiencia que el dolor sería insoportable.

En unos meses se ganaría su confianza y quizá entonces reuniría el valor necesario para contárselo todo. Sólo podía esperar haberle demostrado para entonces que la quería y que ella estuviese lo suficientemente implicada en su relación como para perdonarle.

En el sueño de Abby, Leo le acariciaba los senos y la besaba largamente. Entonces se escuchó un aullido fuera, seguramente de algún búho, y se despertó. Lo siguiente de lo que fue consciente fue de la respiración pausada de Leo.

Poco a poco se dio cuenta de que Leo seguía en su lado de la cama, lo más alejado de ella como le era posible. Estaba tumbado boca arriba con los brazos cruzados, mirando al techo. Estaba despierto.

–¿Leo? –susurró Abby, acercándose a él de forma instintiva.

La reacción a su voz seductora y sus dedos acariciantes fue inmediata e innegable. Le detuvo la mano en el abdomen, respirando con dificultad. Ella pudo adivinar a través del edredón que su sexo estaba duro, erecto. La piel le ardía y el corazón le latía tan fuerte como a ella.

La deseaba, tanto como ella a él. Pero estaba fingiendo que no era así.

–Vuelve a dormirte –gruñó, retirándole la mano. Entonces se giró hasta el filo de la cama, mirando hacia la pared.

¿Por qué la rechazaba? Tenía que respetar su deseo, y estaba dispuesta a hacerlo si él le explicaba el porqué.

–Leo… ¿he hecho algo...?

–No, ya te he dicho...

–Pero es que no tengo sueño.

–Pues yo sí.

–¿De veras? Lo dudo.

El sueño la animó. Con una risilla, se escurrió bajo las sábanas hasta que sus pechos rozaron la calidez de su espalda. Al sentir su carne suave y caliente se le endurecieron los pezones. Él tomó aire y se puso tenso al ver que ella se quedaba ahí con el pecho aplastado contra su espalda. Durante un instante ella pensó que igual saltaba de la cama y para tentarlo deslizó la mano hasta sus nalgas. Suave y lentamente, las masajeó con los dedos.

–Te deseo –susurró finalmente, abriendo las manos–. Te deseo mucho.

Le deslizó la mano hacia arriba por el costado con inmensa ternura. Él se giró, le tomó la mano y se la besó. Luego se quedó callado, la apartó lentamente, salió de la cama y se acercó a la ventana con los puños apretados a ambos lados de su cuerpo.

–¿Leo?

Él respiró hondo y se quedó donde estaba.

Abby golpeó la almohada con frustración.

–Muy bien –dijo finalmente. Levantándose, se puso la bata y cruzó el vestíbulo hacia la cocina. Cerrando la puerta, agarró una silla, se sentó a la mesa y se tapó la cabeza con las manos.

¿Es que la odiaba acaso? ¿Se odiaba a sí mismo por desearla? Había sido dulce y comprensivo en el avión cuando le habló de Becky. Si no la odiaba, ¿qué pasaba entonces?

¿Por qué lo había acariciado, forzado? Como ella,

él estaba acostumbrado a llevar las riendas. ¿Cómo había sido tan estúpida como para creer que podía seducirlo teniéndolo en contra? ¿Por qué no le había concedido el tiempo que necesitaba? Había pasado por muchas cosas... la noticia del embarazo, el casamiento acelerado, el fuego, el hecho de que acaso se culpara de todo… Además, lo había presionado en el avión con lo de las gemelas perdidas.

Empezó a reprenderse a sí misma por ser la persona más egoísta y prepotente del mundo. No lo conocía demasiado, y él estaba acostumbrado a tener su espacio. Tenía que ir más despacio, tener más cuidado durante un tiempo.

Las lágrimas se le escurrieron entre los párpados. Seguramente la despreciaría para siempre.

Los sollozos apagaron el sonido de las suaves pisadas de Leo, así que no se percató de su presencia hasta que él pronunció su nombre.

Abby levantó la vista. Él seguía con el pecho desnudo, vestido sólo con el pantalón del pijama.

Se arrodilló y la tomó entre sus brazos.

–Lo siento.

–Yo también lo siento –susurró ella rodeándole los hombros–. Oh, Leo… Lo... lo siento muchísimo.

La abrazó más fuerte, acariciándole la espalda, el pelo. Ella se aferró a él y le asombró haber deseado tanto que le mostrara su afecto. ¿Qué sentimientos eran aquéllos? Leo la miró a los ojos largamente. Luego pasó el dorso de la mano por su mejilla y su garganta.

–Mi querida esposa. Mi amor...

A ella se le endurecieron los pezones y tragó saliva, deseando más. Pero su mano se detuvo.

–¿Me odias? –dijo ella en un susurro.

–Dios, no. ¿Cómo puedes pensar siquiera...?

La apretó fuerte contra su pecho y ella sintió los latidos de su corazón y la calidez de su cuerpo.

El llanto remitió y ella se aferró a él aún más fuerte, posando su mejilla en la de él. Estaba vivo y era tan fuerte, tan adorable... Disfrutaba sólo con verse abrazada. El sueño no había sido ni de lejos tan bueno como aquello. Cerrando los ojos, deseó que él la besara, pero temiendo forzarle, se quedó inmóvil y sin aliento entre sus brazos, esperando.

Él empezó a acariciarle la espalda y luego la nuca, los hombros y los brazos, y susurró:

–Cariño. Me incitas a...

Pero no la besó ni le tocó. En lugar de eso, dijo:

–Vuelve a la cama, amor mío.

Amor mío. Aquel cumplido resonó en su interior.

Le había llamado «su amor». No la odiaba.

Enlazando sus dedos con los de Leo, se dejó guiar de vuelta por el vestíbulo.

Cuando él retiró las sábanas, ella se percató de que se le había tensado la botonadura del pantalón. Una vez en la cama, Leo le dio las buenas noches. Tenía la voz ronca y temblaba ligeramente. La deseaba tan desesperadamente como ella a él. ¿Por qué hacía aquello entonces? ¿Por qué no la poseía? ¿Por qué?

–Buenas noches, Leo –dijo finalmente con aspereza.

–Buenas noches –dijo él en voz baja y entrecortada.

Se quedó tumbada junto a él en la oscuridad, demasiado consciente de que su cuerpo se encontraba a unos centímetros del de ella. Tan frustrante como su proximidad era el hecho de que tenerlo allí la hacía sentirse segura. No tardó en quedarse dormida, y en sus sueños él la abrazó y le hizo el amor tan ardientemente como ella anhelaba.

Al despertarse por la mañana, se encontró con que él la miraba, tan intensamente que le hizo ruborizarse. Vio que las sábanas se habían caído y que con el camisón transparente estaba prácticamente desnuda.

–¿Qué? –susurró, sonriéndole porque se sentía expuesta y le gustaba la forma en que sus ojos le quemaban la piel a través del fino tejido.

–¿Has dormido bien? –su voz sonó áspera y tensa.

Ella suspiró. Luego se estiró, para tentarle.

–Mejor que nunca.

Leo no cedió, mirándole fijamente a la cara. ¿Temía mirarle el cuerpo a través del camisón? Veía su pulso latirle en el cuello. Deseó que fuera así.

–¿Sabes que has gritado mi nombre... varias veces? –dijo él.

–Debió de ser una pesadilla.

–No me lo parecía.

–¿Ah sí? –se levantó y le arrojó la almohada. Sin preocuparse por ponerse la bata o taparse, se metió en el baño y echó el cerrojo. No es que fuese necesario, pero lo hizo para burlarse de él.

El calor de su mirada había atravesado el camisón. Puede que no fuese aquélla su intención, pero no había sido capaz de mirar hacia otro lado. Una vez a salvo en el baño, se echó sobre la puerta, temblando.

¿Qué iba a hacer ahora?

Capítulo Nueve

Aquella mañana más tarde, y para sorpresa de Abby, Leo había ido a supervisar al muchacho que había contratado para cuidar de Coco y para cuando ella se hubo duchado y vestido, él ya había preparado unos huevos revueltos con beicon. Además, había sacado la basura.

Llevaba pantalón negro, camisa blanca y corbata, su chaqueta colgaba de una silla en la cocina y tenía el maletín junto a la puerta.

–Eres rápido, útil y es muy práctico tenerte cerca –dijo mientras se sentaba en la mesa que él había dispuesto en el porche trasero–. Tengo que reconocerlo.

–Quién sabe, igual decides que soy un buen amo de casa. Hermosa mañana –murmuró mientras desdoblaba la servilleta.

Los rayos de sol atravesaban los robles y pinos, y los pájaros cantaban en sus ramas.

–Sí.

¿Pero por qué se le veían los nudillos blancos cuando agarraba el tenedor? ¿Por qué tenía el rostro tan tenso? Abby apenas había dormido. Puede que él estuviese tan cansado como ella.

Desayunaron en silencio y cuando acabaron, él recogió los platos y se metió en la cocina.

–Volveré a casa a las siete –dijo cuando hubo acabado–. ¿Qué planes tienes?

–Seguramente tendré bastante lío, pero intentaré estar aquí también a las siete.

Él sonrió.

–Bien. Podemos cocinar en casa o cenar fuera, como prefieras.

–Estás siendo muy agradable.

–¿Te sorprende?

Recordando su rechazo de la noche anterior, levantó la vista, pero no pudo leer nada en aquellos ojos negros y sonrientes.

Leo fue hacia la puerta y recogió su maletín. Esperando un beso de despedida, ella le siguió, pero él se giró, le hizo un gesto con la cabeza y luego dijo bruscamente:

–Hasta luego.

Abrió la puerta y ella, sintiéndose triste, corrió tras él y vio su coche alejándose desde el porche.

Durante todo el día, se esforzó en acabar de hacer sus llamadas e incluso sus proyectos preferidos para llegar a casa a las siete en punto. Y al llegar, después de darse mucha prisa, cinco minutos antes de esa hora, vio que su camioneta no estaba allí y el corazón se le cayó a los pies.

Treinta minutos más tarde, Leo llamó diciendo que llegaría a las ocho.

–Tendré preparada la cena.

–No serán sardinas y zanahorias, espero.

Ella se echó a reír.

–No. Filete con patatas y judías verdes, y pastelitos de chocolate con helado.

–Puede que tú también seas buena ama de casa.

–¿Eso crees?

–Lo creo. Deja que acabe esto para poder llegar a casa cuanto antes –la conmovió su entusiasmo.

Esa noche le trajo una caja de bombones y una rosa roja. Pero no la besó en la puerta, a pesar de que ella salió corriendo en cuanto escuchó la camioneta.

La tensión sexual bullía en la sangre de Abby mientras buscaba un jarrón y colocaba en él la rosa. Con manos temblorosas, puso el jarrón sobre la mesa y se pasó toda la cena alternando la mirada de la cara sombría de Leo a la rosa, preguntándose por qué se la habría comprado si ni siquiera se atrevía a besarle.

Después de la cena dieron un paseo con Coco mientras el sol se tornaba violeta y empezaban a salir las estrellas. Leo le contó su día y ella le contó divertidas anécdotas de sus reuniones y sus tercos clientes. Él sonreía y se reía mucho, y ella se dio cuenta de que la observaba cuando pensaba que no estaba mirando.

¿Cómo había podido llegar a pensar que Leo era aburrido? Desde que perdió a Becky, Abby no había tenido a nadie con quien compartir las cosas pequeñas que conformaban su vida. Pensó que era improbable que a él le interesasen sus clientes, pero o bien estaba fascinado y asombrado por su talento, o se merecía un Oscar por su actuación.

Cuando se hizo de noche, regresaron a la casa. Pero, de nuevo, al acostarse, él se mantuvo en su lado de la cama. Sólo que en esa ocasión ni siquiera la besó en la mejilla.

¿Por qué no le pedía sexo? Dejó de preguntárselo y decidió intentar ser paciente. De este modo agradable pero frustrante transcurrió una semana. Cada día que pasaba la tensión sexual de Abby iba en aumento. Y cada noche él se convertía en el amigo perfecto, en un perfecto caballero, pero jamás en un amante, excepto en sus sueños.

Cuando Connor voló a Austin para ver a un cliente el viernes por la tarde, Leo le fijó una cita con Abby a última hora para hablar de Becky. Como de costumbre, Abby le prometió que estaría en casa a las siete, pero Connor no apareció por su oficina hasta las seis y a ella no se le ocurrió llamar a Leo para avisarle. Estaba tan ansiosa con la cita que se limitó a estrecharle la mano a Connor, cerrar la puerta de su despacho y conectar el silenciador del móvil para que nadie les interrumpiese.

–Siento llegar tarde –dijo él sonriendo–. Aeropuerto. Avión. Cliente.

–No me digas más. ¿Quieres beber algo?

–Sólo agua. Con mucho hielo.

Le hizo las mismas preguntas sobre Becky que ella ya había respondido muchas veces con anterioridad y, como siempre, cada vez que él escribía sus respuestas en el ordenador, ella se ponía tensa y se encorvaba con el corazón acelerado.

–¿Qué quería ser Becky cuando fuese mayor?

–Maestra. Pero sólo tenía ocho años. ¿Quién lo sabe a esa edad?

–¿Le gustaban también los caballos?

–No, les tenía miedo. Nuestro caballo Blacky le pisó el dedo gordo del pie y se lo rompió. A partir de entonces no volvió a acercarse al establo.

–¿De qué más tenía miedo?

–Sobre todo de la oscuridad. Temía a las serpientes y a los bichos, en especial a los escorpiones. Las cosas habituales de las que se asusta una niña. A los duendes debajo de la cama, a los personajes malvados de Disney como la bruja de Blancanieves. Ah, y al Ratón Pérez. Siempre guardaba yo los dientes.

Connor sonrió.

–¿Había algo inusual en ella, algo que la distinguiera de los demás?

–Era muy sensible, tremendamente compasiva. Siempre se daba cuenta cuando alguien se sentía herido e intentaba consolarlo.

Conversando, Abby perdió la noción del tiempo. Cuando Connor anunció que creía tener suficiente información eran ya casi las siete y media.

–¿Pero realmente crees que existe la posibilidad de encontrarla?

–Puede. Pero tienes que entender que el caso se ha enfriado mucho.

Agotada por todos los sentimientos que las preguntas habían removido en ella, asintió. Sin añadir palabra, se levantó y lo acompañó hasta la puerta.

–Gracias por hacerte cargo de esto.

–No. Gracias a ti –le estrechó la mano.

Mientras conducía hacia el rancho, en su cabeza bullían recuerdos de Becky. Connor parecía muy convencido, pero ella tenía miedo de albergar esperanzas.

Todavía pensaba en Becky cuando entró en el garaje. Nada más salir del Lincoln, Leo salió corriendo de la casa. El pelo le caía descuidado sobre la frente. Ella deseó que la abrazase. ¿Es que nunca volvería a besarla?

Inspiró larga y agitadamente. Puede que parte de su agotamiento se debiese al embarazo, pero se encontraba exhausta después de un día tan largo, la cita por lo de Becky y el viaje de vuelta a casa.

–Siento llegar tarde –dijo, recogiendo cansinamente el maletín.

Él se quedó callado en mitad de la noche, mirándola en silencio.

–¿Pasa algo? –susurró ella al ver que el silencio se alargaba.

–¿Dónde has estado? Te he llamado mil veces...

–¿Que me has llamado? ¿A mí?

–A ti. Y también te envié un mensaje de texto.

Revolvió el bolso en busca del teléfono y vio que era verdad.

–Oh, su... supongo que lo debí de poner en silencio durante la cita con Connor. Sí, así es.

–Me has asustado mucho.

–Vaya, Leo, lo... lo siento.

Notó que estaba preocupado. Tenía los labios pálidos y más finos que de costumbre. Al retirarse el pelo, ella vio cómo una vena le latía en la frente. Aun así, cuando volvió a hablar, su voz sonó contenida, incluso tranquila.

–No pasa nada ahora que ya estás aquí y estás bien –asió su maletín–. ¿Cómo fue la cita con mi hermano? –preguntó mientras echaban a andar hacia la casa.

–Me hizo muchas preguntas. Hablar de Becky me ha puesto tan tensa que me duele todo.

–Estaba asustado. Me imaginaba todo tipo de cosas horribles. Un pinchazo... tu Lincoln fuera de control... un accidente... que estabas herida...

Desde luego no parecía un marido indiferente.

–Ay, cariño, lo último que querría hacer es preocuparte.

–No estaba preocupado –dijo él, pero apretaba los dientes.

–¿Entonces por qué estabas tan inquieto?

–El cambio de rutina, supongo. Olvidémoslo.

Daba unas zancadas tan largas y rápidas que Abby tenía que correr para ponerse a su ritmo. No era aburrido ni frío. Sus sentimientos eran intensos y devoradores. Y ella necesitaba pasión aquella noche.

Cuando entró en la cocina, se encontró con que él había preparado pasta y estaba lista para servir. Sabía que estaba siendo desconsiderada y egoísta, pero no estaba de humor para otra noche amigable.

–¿Sabes lo que realmente necesito esta noche, Leo?

Él se giró, mirando hacia otro lado. A ella le hirvió la sangre. Ni siquiera la miraba a los ojos.

–Yo... yo... es como si la tensión se hubiese aposentado en cada uno de mis nervios, mis músculos, mis articulaciones. Si no estuviese embarazada, me tomaría un vino o una cerveza. No conseguiré relajarme como no me dé un baño caliente y quizá... quizá, si no te importa, podrías darme un pequeño masaje.

Leo cerró los ojos y apretó los puños.

–No me parece buena idea.

No podía, no quería rogarle.

Pero, tragándose su orgullo, lo hizo.

–Por favor... –se hizo un silencio en la cocina. Entonces él frunció el ceño y ella tuvo la horrible certeza de que no accedería–. Leo. Me ha afectado tanto hablar de Becky…

–De acuerdo –dijo él–, tú ganas.

–Estoy lista –lo llamó Abby con voz susurrante.

El corazón de Leo latía a mil por hora cuando empujó la puerta. Se quedó inmóvil, contemplándola.

No podía hacerlo. Pero tenía que hacerlo.

Ella había encendido velas con aroma a vainilla y la

suave luz inundaba la curva desnuda de su espalda. Las sábanas yacían fruncidas alrededor de sus caderas y el pelo le brillaba como el oro. La devoró ansiosamente con los ojos. Durante toda la semana se había estado conteniendo a pesar de desearla en todo momento.

Leo estaba convencido de que necesitaban más tiempo, semanas quizá, para llegar a conocerse. Se fue acercando lentamente, diciéndose a sí mismo que podía darle un masaje sin perder el control... que tenía que hacerlo.

Sabía lo que le afectaba hablar de Becky. Abby estaba embarazada y exhausta. Seguía recordándose a sí mismo que se habían acostado antes de confiar el uno en el otro y lo avergonzada que ella se había mostrado ante las cosas que había hecho con un desconocido. Él quería convertirse en su amigo, alguien en quien confiase, antes de volver a tocarla. Y todavía era demasiado pronto.

Debió de hacer algún ruido, porque ella clavó los dedos en las sábanas. El deseo se apoderó de él, tensando cada uno de sus músculos a pesar de sus esfuerzos por evitarlo.

Al llegar a la cama destapó torpemente el aceite de masaje. Vertiendo un chorro de frío líquido en sus manos con excesiva violencia, esperó un momento a que se calentase.

–¿Leo?

–Estoy calentando un poco el aceite.

–¿O más bien haciendo tiempo? –ahí lo pilló por completo.

–Perdona –se arrodilló a toda prisa, posando sus manos temblorosas sobre aquellos hombros desnudos.

Permaneció así un momento, sintiendo cómo el

calor le subía por los dedos y le tensaba aún más el cuerpo.

No podía hacerlo.

–Me encantan tus manos, grandes y calientes. Me siento segura estando contigo –murmuró ella.

Maldición. El corazón le latía desbocado. Tenía una enorme erección y se sentía como una fiera. Bajo la sábana, ella estaba desnuda. ¿Es que quería volverlo loco?

Trago saliva con desesperación y obligó a sus manos a moverse en círculos cada vez más amplios.

–Me encanta –susurró ella.

Él cerraba los ojos, pero seguía viendo su pelo dorado, la inclinación de sus hombros, la curva de sus caderas y se iba imaginando el resto.

Cada vez respiraba con mayor dificultad. El pulso se le disparó: la deseaba tanto que no podía controlarse ni un segundo más.

Sus manos se detuvieron y se quedó un buen rato junto a ella, paralizado.

Luego ella se giró y las sábanas cayeron de forma que Leo vio el triángulo de rizos dorados que ocultaba el secreto de su feminidad y unos senos pálidos de pezones sombreados.

–Leo, quiero tocarte. Por favor, déjame hacerlo.

Él se levantó sin dejar de contemplar el cuerpo de Abby y sus labios suaves, húmedos y rojos. Y entonces salió corriendo.

–¿Leo? –dijo ella con una débil vocecilla.

En el baño de invitados, Leo se mojaba la cara y el pelo con agua fría para calmar la sangre que latía en cada uno de sus órganos hasta hacerlos arder.

–¿Es que no me deseas? –murmuró ella desde el umbral.

Seguramente estaba desnuda. Y muy cerca de él. Dios. Se puso rígido. ¿Por qué no lo dejaba tranquilo?

Al levantar la vista al espejo, vio cómo su pelo dorado le caía desordenadamente por los hombros. No estaba desnuda: llevaba una bata roja apenas anudada en la cintura... y probablemente nada debajo. La boca le temblaba y sus ojos grandes y tristes hacían preguntas que él no sabía bien cómo contestar. Lo último que deseaba era hacerle daño.

–Creo que sabes que te deseo –le dijo.

–¿Entonces por qué has...?, o quizá debía preguntarte: ¿por qué no has…?

Un intenso rubor le tiñó el cuello y las mejillas.

–Maldita sea. Porque te seduje egoístamente la primera noche y conseguí hacer que me odiases. Luego me dijiste que estabas embarazada, que te sentías desgraciada por mi culpa, y volví a seducirte para que accedieses a casarte conmigo. He sido un cerdo contigo. Dado nuestro historial sexual, pensé que quizá debíamos intentar ser amigos antes de nada.

Ella relajó el rostro.

–¿De veras? ¿Intentabas ser considerado?

Leo asintió.

–Me parece muy dulce.

–Créeme, soy de todo menos eso.

–¿Y si decido no creerte?

–Te aseguro que mis motivos son muy egoístas.

Una enorme sonrisa iluminó el rostro de Abby.

–Me siento tan feliz...

Se echó a reír y se lanzó a sus brazos. Entonces emitió un grito ahogado al sentir la erección de Leo.

–¿Entonces, me deseas? –susurró–. ¡Me deseas!

–Te deseo –dijo él en voz baja, alborotándole el cabello.

–Me siento feliz, muy contenta. Pero quiero algo más que una mera amistad.

Y Leo lo sabía. El corazón le latía con fuerza.

La persiana del baño estaba levantada. Fuera, había una noche oscura iluminada únicamente por el brillo plateado de la luna. En aquella luz gris, el pelo de Abby refulgía como el platino.

Leo la rodeó con sus brazos. Nunca se sintió más cerca de una mujer. Sus labios se fundieron con los de Abby en un beso largo y fuerte, y hundió la lengua en su boca. Torpemente, ella consiguió desatar el cinturón de su bata y, al moverse, ésta cayó deslizándose por su cuerpo. Al contemplar su desnudez, él le apretó los brazos tan fuerte que la hizo gritar.

–Perdona –susurró. Y empezó a desabrocharse el cinturón y los pantalones. Quitándoselos, los arrojó a un lado.

La empujó contra la pared. Estaba húmeda por el aceite y brillante como el satén, abierta. Leo dio un paso atrás, jadeando. Bajo las largas pestañas, los ojos de Abby brillaban y sus labios se veían hinchados. Él recordó la primera noche, aquélla en que Abby lo había deseado tanto. Pero nunca habían sentido tanto deseo por nadie como en aquel preciso momento.

–Rodéame con las piernas –le ordenó Leo. Agarrándola por los muslos y apretándola contra él, entró en ella.

Una vez dentro, se quedó quieto, y ella gimió.

–Sí –murmuró–. Pensé que nunca volverías a... hacer esto nunca más.

Y siguió diciendo algo, pero él no la escuchaba. Sin salir de ella y sosteniéndola con fuerza, cruzó el vestíbulo y la llevó al dormitorio. Con las piernas de Abby alrededor de la cintura, la echó sobre la cama sin que sus cuerpos se separasen.

Escuchaba susurros rotos, ella le suplicaba al oído, pero él ya no atendía más que a su propio deseo. No podía oírla, no podía atender a nada que no fuese la necesidad apremiante de poseerla.

Una y otra vez la penetró, cada vez con más fuerza, encontrando cada vez un placer desconocido hasta que finalmente llegó al borde del precipicio y estalló en mil sacudidas. Ella lloraba aferrada a él, acariciándole, temblando.

–¿Te he hecho daño? –le susurró Leo.

Ella lo besó en la boca y meció la cabeza en la almohada. Luego rozó su nariz contra la de él.

De algún modo él había querido que no ocurriese demasiado pronto, pero la había deseado tanto y ella había sido tan dulce y tan excitante... que no había podido resistirse. Aún seguía excitado.

Pretendía aguantar un poco más sin sexo, cortejarla despacio, hacerse querer. Demasiadas buenas intenciones. Ya decían algunos que nunca tuvo remedio.

Se durmió dentro de Abby, que lo apretaba con fuerza entre sus brazos.

Capítulo Diez

Cuando Leo despertó a la mañana siguiente, una luz rosada cubría la cama. Mirando su reloj, vio que era demasiado temprano para levantarse. Entonces escuchó a Abby susurrar su nombre y tiró hacia él de su cuerpo cálido y seductor. Luego le acarició el brazo y le besó la parte interior del codo.

Ella suspiró y, estirándose, le enmarcó el rostro con las manos. Leo la miró antes de besarla en los labios y ella abrió la boca dejando que sumergiese en ella su lengua.

–¡Espera! Tengo que ir a cepillarme los...

–No puedo esperar.

La rodeó con los brazos y se deslizó sobre ella, separándole las piernas. Sus sexos se encontraron. Ella estaba húmeda y caliente.

Pero él se quedó inmóvil en lugar de penetrarla y ella tragó saliva convulsivamente. La besó una y otra vez en el cuello, la punta de la nariz, los labios, hasta enfervorizarla.

–Ahora soy yo la que no puedo esperar –dijo incitándole y mordisqueando su labio inferior.

–Pues entonces de acuerdo –la embistió a fondo y ella abrió de golpe los ojos con un grito de placer.

–No te muevas. Quiero alargar esto –dijo él.

–Yo también.

Leo intentó ralentizar el ritmo y que sus incursiones fuesen lo más suaves posible, pero el cuerpo de Abby se ajustaba a él y apretaba su sexo, provocándole increíbles sensaciones que excitaban cada una de sus terminaciones nerviosas. Era como si estuviesen hechos para ser conectados el uno al otro.

Él la había deseado durante demasiado tiempo, y lo de la noche anterior no había sido ni con mucho suficiente, de modo que cuando Abby se movió, estallidos de sensaciones estremecedoras recorrieron el cuerpo de Leo, que no tardó en perder el control y empezó a penetrarla cada vez más rápido, hasta que ambos gritaron al unísono aferrándose el uno al otro, arrastrados por una corriente volcánica que los dejó temblorosos y felices.

Cuando finalmente se levantó aquella mañana, Leo salió de puntillas de la habitación. Unos minutos después se había vestido para ir al trabajo y se encontraba sentando ante un par de huevos fritos con el periódico, pero la pícara de Abby se coló gateando bajo la mesa, le abrió la cremallera del pantalón y le hizo olvidar el desayuno y el despacho. Era una criatura insaciable.

Al acabar, la sentó en su regazo y le dijo que era el desayuno más memorable que había tenido en su vida.

–Pero se te han enfriados los huevos –lo incitó, acariciándole el cuello con los labios.

Como si aquello le importase lo más mínimo.

–Voy a llamar a Miriam para decirle que llegaré muy tarde.

–¿Y eso? –preguntó ella, guiñándole un ojo.

Él se desató la corbata y se desabrochó la camisa.

–Porque tengo que devolver un par de favores. No me gusta estar en deuda. ¿Por qué no llamas a tu oficina y les dices que no llegarás hasta las diez? Prometo que no te arrepentirás.

Tras devolverle el favor sexual que ella le había ofrecido, Abby le repitió lo dulce que le había parecido que intentara hacerle saber que la respetaba.

–Pero creo que podrías haberlo hecho de otro modo. No poder besarte, ni ser besada, ni abrazada, ni hacer todas las cosas que no hicimos fue una auténtica tortura… al menos para mí –le dijo.

–Para mí también lo fue, créeme que lo entiendo. Pero ¿recuerdas lo mucho que te enfadaste conmigo después de aquella primera vez? Me llamaste acosador.

Ella se ruborizó.

–Lo siento. Pensé que debía decirte algo horrible para espantarte.

–¿Porqué estabas tan convencida de que no querías nada conmigo?

–Yo... te tenía miedo, creo. Miedo del modo en que me hacías sentir… y perder el control.

–¿Me sigues teniendo miedo?

–Más que nunca.

–¿Porque perdiste a Becky?

–Y a mis padres también. Con todo y con eso, evitar el sexo no era una idea muy práctica, ya que parecíamos pensar en ello todo el tiempo cuando estábamos juntos.

–Y que lo digas.

–Oye, ¿no crees que podríamos pasar hoy el día en casa?

–¿Haciendo qué?

–¿Vas a seguir forzándome a acosarte?

Al final, se quedaron en casa todo el día. Leo le dijo a Miriam que como se había perdido su luna de miel, se merecía pasar un día con su esposa. Y Miriam, con su bendito carácter útil y práctico, no puso ninguna objeción. Aquella mujer que tan mal había caído a Abby se estaba convirtiendo en una de sus favoritas.

Días y noches de dicha se convirtieron en norma para Leo y para Abby.

Pasaron la fiesta del Cuatro de Julio en el Golden Spurs. Había llovido, y excepto en los árboles dañados, en la mayoría de los pastos que habían ardido brillaba ya un frondoso y renovado follaje. Las vallas ya estaban reparadas y estaban reconstruyendo los edificios.

Los Kemble le hicieron grandes fiestas a Abby y al modo en se había hinchado su vientre. Por alguna extraña razón, Abby se sentía muy cercana a las hermanas Kemble y se llevaba muy bien con ellas. Se sintió más feliz que en toda su vida.

Pero su felicidad no era del todo perfecta. A pesar de estar los frecuentes contactos con Connor y su empeño en encontrar a su hermana, la desaparición de Becky seguía siendo un misterio. Además, su padre no había llamado ni contestado a sus correos electrónicos desde el día de la boda. Era como si después de llamar para decir que no asistiría hubiese desaparecido de la faz de la tierra.

–No le importo en absoluto –le confió Abby a Leo una tarde a principios de septiembre.

–Sí que le importas –dijo Leo–. Lo que pasa es que no sabe cómo demostrártelo. A veces, cuando uno está huyendo de cosas a las que no quiere enfrentarse, se entierra en vida en el trabajo para no odiarse.

Y si no, que me lo digan a mí. Lo hice durante años después de que Mike Ransom me echara de su rancho. ¿Te acuerdas del día en que viniste a mi despacho para decirme que estabas embarazada?

–Como si pudiera olvidarlo.

Leo sonrió.

–¿Te acuerdas del anciano que se marchó en cuanto llegaste tú?

Asintió.

–¿Aquel caballero delgado que te llamó canalla?

–Mi madre trabajó de ama de llaves en su rancho, el Running R, cuando yo era niño. Mi padre había muerto, de modo que Ransom se convirtió en una especie de padre para Connor y para mí. Nos invitaba a ir a todos los sitios a los que llevaba a su hijo Cal. Nos enseñó a montar, a disparar y a usar el lazo. Crecí queriéndolo como a un padre.

–¿Y qué ocurrió?

–Cal y yo nos enamoramos de Nancy, la hija de un ranchero vecino nuestro. Ella me escogió a mí a pesar de que Cal era rico y yo pobre.

Leo se interrumpió, recordando.

–Continúa –le animó ella.

–Para Nancy, el dinero no importaba. Pero cuando la dejé embarazada en el primer año de universidad, sin medios para mantenerla, supongo que se asustó y decidió ser práctica.

Abby asintió. Entendía perfectamente lo que suponía asumir un embarazo no deseado y la forma en que éste podía echar por tierra los sueños románticos de una chica asustada.

–Mike, el «caballero» al que conociste, era una persona estricta, abstemia y religiosa que jamás había dado un paso en falso en toda su vida. Me había enviado a la universidad y hasta me había prometido que me haría cargo del ganado después de licenciarme. Pero cuando Nancy se quedó embarazada me echó a patadas del rancho y me retiró su apoyo económico, llamándome basura y de todo lo peor que puedas imaginarte. Yo le dije a Nancy que me casaría con ella, pero Mike la convenció de que yo era esto y lo otro, que no merecía la pena y que nunca llegaría a ser nadie sin su ayuda, así que ella se asustó y se casó con Cal. Ahora, el rancho de su padre les pertenece en parte –su rostro se tensó al recordar todo aquello.

–Sigue –le instó ella suavemente.

–Mike llevaba años con los ojos puestos en el rancho de los padres de Nancy, así que supongo que pudo saltarse su moral en lo que a ella concernía. Incluso intentaron convencerme de que renunciara a mis derechos sobre mi hija Julie. Todos, hasta yo, pensamos que sería una mala influencia para la niña –tragó saliva como si se sintiese avergonzado y la miró a los ojos.

–Creo que hiciste lo correcto.

Aun así, había perdido a Julie. Abby no podía imaginarse renunciando a su hijo para siempre, incluso creyendo que sería lo mejor para él.

–Por aquel entonces... Me convencí a mí mismo de que lo mejor para ella sería no verse dividida entre dos padres, sobre todo teniendo en cuenta lo resentido que me sentía.

–Quizá deberías intentar mantener cierta relación con Julie alguna vez.

La miró atribulado por un instante.

–Ya lo he hecho, pero siempre me ha rechazado.

Piensa que la abandoné y supongo que es comprensible.

–Puede que algún día...

–Sí. Quizá algún día. Está en pleno periodo de rebeldía. Nancy y Cal llegaron a desesperarse tanto que incluso se rebajaron a pedirme ayuda, pero Julie se niega a hablar conmigo. Dice que se las ha apañado muy bien sin mí durante todos estos años y que no me necesita. Puede que tenga razón.

Abby enlazó sus dedos con los de él y los apretó con fuerza.

–Debemos estar agradecidos por muchas cosas. Y quizá sea en eso en lo que debamos concentrar nuestras energías –dijo Leo enterrando el rostro en el cuello de Abby. Sintiendo su aliento cálido sobre la piel, ella le tomó la mano y se la puso sobre su vientre hinchado.

Se quedaron allí sentados un buen rato. Leo tenía razón: ella sabía que debían concentrarse en el bebé y la dicha de estar juntos, en que el trabajo les fuese tan bien y en todo lo demás por lo que debían estar agradecidos.

–¿Sabes? –dijo Leo–. Esta semana hice una locura de la que al principio me avergoncé.

–¿Qué fue?

–Llevaba años queriendo vengarme de Mike Ransom. Y hace unos meses cayó en mis manos la oportunidad de comprarle su rancho a muy buen precio para el Golden Spurs. Esta misma semana había acabado de hacer el papeleo y le obligué a venir a mi despacho para firmar la compra. Sabía que quitarle el Running R sería para él peor que si le apuntase con una pistola a la cabeza y apretara el gatillo. Y pensé que aquello era lo que yo deseaba, hasta que apareció cojeando, con un bastón, soltando bravatas e intentado hacerse el duro. Pero al tomar la pluma se puso tan pálido que temí que sufriese un ataque al corazón.

–¿Y qué hiciste?

–Rompí los papeles. Le dije que se marchase de mi despacho. Se dirigió a la puerta gruñendo y gritando que no quería mi caridad, pero le dije que hablase con mis bancos, que ellos lo arreglarían en forma de préstamo y que estaba en deuda con él por todo lo que había hecho por Julie.

Abby le agarró de la mano.

–Me parece maravilloso.

–Pues a mí me parece que se me fue la cabeza.

Dicen que el tiempo pasa volando cuando uno está bien. El otoño transcurrió incluso más deprisa que el verano. Los días largos y calurosos plagados de chicharras dieron paso a mañanas frescas y tardes ventosas.

Conforme pasaban los meses y se acercaba la fecha del parto, ella empezó a preguntarse por los sentimientos de Leo. En el fondo, ¿seguía pensando que ella lo había atrapado? ¿Volverían aquellos sentimientos a salir a la superficie?

No paraba de preguntarle si la amaba. Haciendo las tareas de la casa o hablando del trabajo, o cuando él se metía en la camioneta para ir a San Antonio, ella lo agarraba del brazo y le decía:

–Leo, ¿me quieres? ¿Me quieres de verdad?

Una de aquellas tardes, caminaban hacia el porche cuando ella lo interrumpió con la misma pregunta. Él se giró, la abrazó y sin apartar los ojos de su rostro le dijo:

–Te quiero. ¿Cuántas veces tendré que decírtelo para que me creas?

–No lo sé. Una y otra vez, supongo. Siempre.

–¿Y por qué no me crees?

–Porque nunca me han amado jamás. Al menos no tanto como para poder contar con…

–Piensa que quizá debería ser yo el que se preocupase por si me amabas o no –dijo él.

–¿Preocuparte... tú?

–Sí, me preocupa –admitió.

–¡Pero sabes que te quiero!

–¿De veras?

–¡Sí!

–Puede que ahora creas que sí. Pero ¿y si descubres algo…? –se detuvo, poniéndose tenso.

–¿Algo como qué?

–Nada –pero tenía el rostro sombrío y angustiado, y su mirada era penetrante.

–A veces me miras así como me estás mirando ahora –admitió Abby, intranquila–. ¿Es que me estás ocultando algo?

La tensión en su mandíbula lo delataba, pero contestó:

–Me gusta mirarte porque te quiero. Eso es todo –pero el tono de su voz sonaba poco sincero.

Algo le preocupaba, le remordía por dentro. Estaba segura. Muy a menudo, notaba que él la miraba tenso y en silencio. Si le preguntaba qué pasaba, él sonreía o le contestaba rápidamente que no era nada.

Él se desvivía a diario por ser amable y considerado. Sus gentilezas y la pasión que le demostraba por las noches deberían haberle tranquilizado. Pero aun así, algo subyacía a la aparente tranquilidad de su matrimonio. Abby sabía que Leo no estaba siendo totalmente sincero con ella.

A menudo, Abby sentía tal deseo de estar con Leo que se llevaba el ordenador a San Antonio y trabajaba en su despacho. Hacían los descansos juntos y comían junto al río bajo los cipreses. Y si ella tenía reuniones y no podía dejar su oficina, era él el que se trasladaba y Kel le preparaba una mesa junto a la de Abby. Solía entrar sin llamar y los pillaba besándose, cosa que le encantaba.

De hecho, Kel se sentía orgullosa de la felicidad conyugal de Abby. Cuando la dejó en el aeropuerto de San Antonio, desde donde Abby iba a volar con Leo al Golden Spurs para pasar el Día de Acción de Gracias, no pudo resistirse a hacerle algún comentario.

–Mírate –le dijo, dándole palmaditas en la barriga–. Feliz y maravillosamente embarazada. Todo es tan bonito, la forma en que os besáis todo el tiempo... ¿No te dije que era una persona increíble? ¿A que estás deseando verle? ¿Cuánto tiempo lleváis separados... ocho horas?

–Siete y media. Pero no te comportes como si te debiese toda mi felicidad. Además, quién sabe cuánto durará...

–No seas agorera...

–Es que... tengo miedo de que todo desaparezca de pronto.

–Cariño, no temas –le dijo Kel compadeciéndose. Pero enseguida se le iluminó la cara–. Mira, ¿quién es ese tío tan alto con sombrero vaquero que te devora con los ojos?

–¡Leo! –gritó Abby, con un extraño sentimiento de alegría y temor. Entonces él la arropó entre sus brazos y ella olvidó sus miedos al ver que sus labios la reclamaban. Lo quería mucho. Colgándose de su cuello, lo besó una y otra vez mientras Kel le hacía señas desde atrás.

La fecha del parto estaba prevista para el día de Navidad y conforme ésta se acercaba Abby había engordado tanto que Leo no permitía que fuera sola en el coche, de modo que dejó a Kel a cargo de la empresa y cesó de ir a trabajar a Austin. Solucionaba lo que podía a través del teléfono, el fax o por correo electrónico y dedicaba el tiempo libre a decorar la habitación del bebé y comprar regalos para Leo y para el niño.

Habían decidido no saber si iba a ser niño o niña, de modo que vivían en continua expectación, preguntándose si tendrían un niño de pelo oscuro como Leo o una preciosa niña de pelo rizado. Pero Abby era incapaz de imaginar que su hijo se pareciese a ella.

Inmersa en felices elucubraciones sobre el bebé, dejó de preocuparse por su padre ausente, por Becky e incluso por el nerviosismo de Leo. Fuera lo que fuese lo que le preocupaba, seguramente no tardaría en solucionarse.

Lizzy y Mia no paraban de enviarle correos electrónicos preguntándole sobre todo por el niño. Cada vez que ella les contestaba o les enviaba una foto de su barriga, la amistad entre Abby y las hermanas Kemble se hacía más y más profunda.

Leo amaba a Abby, Abby amaba a Leo y ambos esperaban felices la llegada del bebé.

¿Qué podría estropear algo así?

Capítulo Once

Connor acercó a la *webcam* una fotografía en que aparecía una joven rubia.

–Tengo una pista sobre Becky. Creo que la he encontrado en Albuquerque, Nuevo México. Si ésta resulta ser nuestra chica, vas a tener que contárselo.

Eso ya lo sabía Leo, lo que no significaba que estuviese de humor para atender a la sabiduría, espiritualidad, empatía o simpatía fraternales, o a cualquier otra combinación que su hermano hubiese escogido para convencerle, así que se despidió con un seco «adiós». Luego recogió la carpeta que había sobre su mesa con el nombre *Las hijas de Caesar: Abigail, Rebecca.*

Estuvo un tiempo sentado hojeando registros de adopción e informes de Connor sobre Abby y Becky. Enormemente enfadado consigo mismo, cerró la carpeta y la arrojó sobre la mesa. Apoyándose sobre los codos, se quedó un buen rato mirando al infinito.

¡Tenía que contárselo! Le temblaban terriblemente las manos y se le revolvía el estómago. Hacía mucho que tenía que haberle contado a Abby la verdad.

En una esquina de su mesa había una cajita con un lazo plateado. Contenía un colgante de oro, un caballo con diamantes incrustados que pendía de una gargantilla y que Leo había comprado para Abby. Había visto el caballo en miniatura en un escaparate y le había recordado la primera vez que vio a Abby montando a Coco. Enseguida supo que tenía que comprar aquella joya para regalársela por Navidad.

Pero el regalo no le provocaba regocijo alguno. Si no le decía que sabía quién era, y que se acostó con ella sabiéndolo, podía perderla para siempre. Y cuando se lo contase, ella podría volverse en su contra igual que después de aquella primera noche. Igual que hizo Nancy.

Maldita sea. ¿Cuántas veces había ensayado un discurso, se había presentado en casa de Abby y luego no había sabido qué decirle? Tenía que hablar con Abby. Es lo primero que tenía que hacer nada más verla. Aquella misma noche.

Al abrirse el ascensor, Miriam levantó la vista y sonrió de forma sincera y radiante.

–Hola, señorita Storm. Está usted...

–Enorme.

–Pero guapísima. ¿Cómo se encuentra?

Abby dio unas palmaditas a su barriga.

–Hinchada. Muy hinchada. Estoy preparada.

–Avisaré al señor Storm. Se alegrará mucho de verla.

–No. Quiero darle una sorpresa.

–Bueno, pues ya sabe dónde está su despacho.

Kel tenía una reunión aquella tarde en San Antonio, así que Abby le había pedido que la recogiese y la llevase a la oficina de Leo.

Abby aún sonreía al abrir la puerta del despacho de Leo, pero lo único que encontró fue su silla vacía.

–¿Leo?

No obtuvo respuesta, así que cerró la puerta y se acercó a su mesa. Lo único que encontró sobre aquella superficie pulida y brillante fue un regalo de Navidad con un lazo plateado y una carpeta.

Tras leer la etiqueta del regalo y comprobar que era para ella, lo levantó y lo agitó en el aire. Encantada de que él se hubiese tomado la molestia de comprarle algo, volvió a dejarlo sobre la mesa.

Abby apenas escuchó el sonido del agua en el baño de Leo cuando se inclinó sobre la mesa y agarró la carpeta. Al ver su nombre en ella sintió curiosidad y estaba a punto de abrirla cuando una puerta se abrió a sus espaldas.

–Cariño, me alegro tanto...

Ella se giró y le sonrió, pero en lugar de correr a refugiarse en sus brazos, volvió a darse la vuelta por lo que acababa de leer en la etiqueta: *Las hijas de Caesar: Abigail, Rebecca.*

Al mirarlo de nuevo, Leo estaba paralizado y la culpa enrojecía sus mejillas.

Aturdida, Abby abrió la carpeta con tal violencia que los papeles de adopción salieron volando y cayeron en el suelo y en la mesa junto a varias fotografías de ella y de Becky.

Entre las fotografías y los papeles de adopción había varios informes sobre las gemelas desaparecidas procedentes de la agencia de seguridad de Connor, así como una prueba de ADN procedente de varias botellas de cerveza que Abby se había bebido la noche que Leo la conquistó en el bar.

Lanzando un pequeño grito, Abby pasó varias páginas de uno de los informes sobre Rebecca Collins. Empezó a temblar. Conforme leía, una sensación horrible se desplazó de la boca de su estómago hasta su garganta impidiéndole respirar. Connor había recorrido Texas y México buscando a Becky, y eso era algo que Abby ya sabía.

Porque ella misma lo había contratado.

Pero lo que no sabía es que Becky y ella eran las desaparecidas hermanas Kemble.

¡Lo que Leo y su hermano se habrían reído al ver que ella contrataba a Connor! Se lo había tragado todo como una estúpida.

–Abby...

Al oír la voz de Leo justo a sus espaldas, la tristeza y el horror dieron paso a un terrible dolor que le desgarró el corazón. Sin poder respirar apenas, se inclinó sobre la mesa.

–Cariño, puedo explicártelo todo.

–No tienes que explicar nada. Entiendo todo perfectamente. Sólo quiero que me dejes en paz.

Con intención de huir de él, se apartó de la mesa y avanzó a trompicones hacia la puerta. Pero le temblaban las piernas y su paso era tan vacilante que Leo no tardó en adelantarla.

La agarró de los brazos y la llevó hasta el sofá sin que ella pusiera resistencia, porque se sentía demasiado débil.

–Iba a decírtelo –le dijo.

–Seguro.

–Connor me dijo que te lo contase desde el principio.

–¿Y por qué no lo hiciste?

–Porque no sabía cómo hacerlo.

–¿Y cuándo te enteraste? –preguntó ella apretando los dientes–. Tienes que decírmelo.

–Puede que unas semanas... antes de aquella noche en el bar. Pero no estaba del todo seguro.

–¿Por qué no me lo dijiste entonces?

–Tenía que asegurarme.

–¿Acostándote conmigo?

–Tomando unas muestras de ADN.

–Claro. Las botellas de cerveza –reflexionó ella–. Eres de lo más eficiente. ¿Y por qué no hiciste tu maldito trabajo y le largaste con las botellas? ¿Por qué tuviste que acostarte conmigo?

–Sé justa. ¿Por qué crees que lo hice? ¡Fue una idea tan tuya como mía! ¡Fuiste tú la que se subió a mi mesa y empezó a quitarse la ropa!

–¡No! ¡Sé justo tú! ¡Me has mentido todo el tiempo! ¡En todo! ¡Apuesto a que toda nuestra relación es una pura mentira! No me quieres, sólo deseabas casarte con una Kemble.

–¡Eso no es cierto! ¡Te quiero!

–¿Sabes una cosa? ¡Que no te creo! Tenía razón desde el principio. Los ejecutivos como tú son una raza despreciable.

–Abby, yo te quie...

–¡Basta! No querías ser alguien a quien simplemente podían contratar y despedir del Golden Spurs. Querías ser alguien de dentro y decidiste que yo sería tu billete de entrada. Lo deseabas tanto que utilizaste mi embarazo para lanzar tu carrera insistiendo en casarte conmigo. ¡Ésa y no otra es la razón por la que te casaste conmigo!

–No.

–No puedo creer lo conmovida que me sentí cuando fingiste ser tan comprensivo con lo de Becky.

–Lo siento.

–¡No volveré a creerte jamás! ¡Nunca! ¿Me viste débil y vulnerable y tan necesitada de tu amor como para hacerme creer lo que siempre quise creer, que existía alguien capaz de amarme?

–¡No! ¡Por Dios, no!

–Puede que vayamos a tener un hijo, pero este matrimonio ha dejado de existir. Quiero que esta misma noche saques tus cosas de mi casa. Lo primero que haré mañana por la mañana será cambiar las cerraduras.

–Estás enfadada y no sabes lo que dices. Te llevaré a casa.

–¿Enfadada? ¿Y quién no lo estaría? Pero sé exactamente lo que digo, y lo digo muy en serio. Voy a llamar a Kel para me lleve a casa. Y, Leo, si fueras listo, no dirías una palabra de esto a los Kemble. Son mi familia, no la tuya. Les diré quién soy... cuando esté bien y preparada para hacerlo. No pretendo amenazarte, pero será mejor que te prepares para lo peor. Lo más probable es que no te guste mi versión de los hechos.

La cabeza rubia de Connor llenaba la pantalla del ordenador de Leo.

–Estás hecho un asco.

–Gracias.

Había pasado la noche sin dormir, sin comer y bebiendo.

–¿Qué piensas hacer ahora? –Connor estaba realmente preocupado.

Leo se pasó cansinamente la mano por el pelo. La noche anterior, cuando se había acercado a intentar entregarle a Abby sus regalos de Navidad, ella había olvidado cerrar la persiana de la cocina y él la había visto acercarse a ver quién había en el porche.

Con un albornoz blanco, se la veía increíblemente hermosa. Y triste. Él le había roto el corazón.

Sus ojos se encontraron y se mantuvieron la mirada durante un largo rato. Le costaba respirar, y a ella también. Pero entonces ella cerró de golpe la persiana y Leo se sintió solo y perdido.

Llamó una y otra vez, aporreando la puerta, gritando. Y al final tuvo que dejar los regalos en el porche.

Su vida era un desastre. Él era un desastre.

Se sentía enfermo, agotado. Había pasado una funesta semana desde que Abby lo echó y cambió las cerraduras y, aunque las noches eran horribles, había intentado ir a trabajar todos los días. Connor y él acababan de analizar el informe de Connor sobre su viaje a Albuquerque. No había logrado encontrar a Becky, pero pensaba que no tardaría en hacerlo.

–¿Qué puedo hacer para recuperar a Abby? –dijo Leo en voz baja.

–Sigue intentándolo. ¿Y los Kemble, cómo se han tomado la noticia?

–No he tenido noticia, así que no creo que ella les haya contado nada. Pero, francamente, no me importa lo que les diga. Lo único que quiero es recuperar a Abby.

–Pues díselo.

–Lo haría, si me abriese la puerta o contestara al teléfono.

–Te has cavado tú mismo un agujero muy hondo.

–Espero por Dios que no se trate de mi propia tumba.

–Escucha, no me gusta que pases por todo esto solo, pero tengo mucho trabajo y no puedo bajar al rancho por el momento, así que, si no tienes dónde pasar la Navidad, siempre serás bien recibido en Houston.

–Gracias. Pero quiero estar cerca de Abby, por si acaso. Y Kel me ha jurado que me avisará cuando Abby vaya a trabajar.

–Muy bien. Tengo que dejarte, te deseo una feliz Navidad, pero como quizá ahora no sea lo más oportuno, rezaré porque se convierta en feliz lo más pronto posible.

–No dejes de hacerlo.

Abby estaba sentada en el cuarto de estar bebiendo un vaso de leche. El día de Navidad había amanecido gris y oscuro, pero quizá no tan triste como su estado de ánimo. Seguía viendo la cara de Leo a través de la ventana de la cocina. Estaba tan triste y arrepentido... y guapo también. Había querido tocarle, poder sentir su cuerpo.

Pero era una rata, una rata ambiciosa, mentirosa y calculadora. Sentía una presión en el vientre, pero seguramente se debía a que estaba muy hinchada. El bebé llegaría de un momento a otro, y cada vez se sentía más preocupada por verse allí sola. Estaba grande y torpe, y le costaba mucho levantarse y sentarse en aquel sofá tan bajo sin la ayuda de Leo.

Al menos no tendría que pasar las Navidades sola: cenaría con la familia de Kel, que iba a pasar a recogerla más tarde. Pero para eso faltaban muchas horas, así que tenía toda la mañana por delante.

Cuando acabó la leche, volvió a sentir otra presión en el vientre. Respirando con dificultad, se quedó en el sofá. Tenía que lavar ropa y toallas y preparar comida, pero le faltaban fuerzas. Con el estómago hecho un nudo, se sintió cada vez más incómoda, así que se quedó sentada, escuchando su respiración mientras las paredes parecían cernirse sobre ella.

Se acordó de su padre, pero se obligó a dejar de lado aquellos pensamientos. Intentando no sentir pena de sí misma, se mordió el labio inferior y contempló la montaña de regalos que Leo le había dejado la noche anterior y que había colocado bajo el árbol.

Nunca había recibido regalos tan esmeradamente envueltos, y todos eran de Leo. No debía haberlos metido en la casa ni colocado bajo el árbol, pero jamás había tenido tantos regalos, así que no había sido capaz de resistirse a conservarlos. Le fascinaba sobre todo la cajita con el lazo plateado que había visto en su despacho aquel día horrible en que su mundo de fantasía le había estallado en la cara. Sabía que era lo último que él le había comprado y no podía evitar preguntarse qué sería.

Pero sus regalos ya no significaban nada ahora que sabía la verdad. Aquel matrimonio había sido una maniobra de ascenso en su carrera. Y punto.

Lo odió al leer sobre Becky y oír su confesión sobre las muestras de ADN. Prometió odiarlo para siempre, pero había sido dulce y atento con ella durante muchos meses y esos recuerdos la perseguían ahora. Leo seguía con su actuación, llamándola, pasándose por allí, enviándole notas... Pero ella no contestaba al teléfono ni abría la puerta. Y había roto todas las notas sin leerlas aunque, eso sí, antes las había apretado contra su corazón muriendo de curiosidad por conocer su contenido. Y sí, era tan infeliz que había conservado los pedazos en el cajón de la ropa interior.

Sabía que el interés que se había tomado por ella se debía a su ambición. Estaría sin duda aterrado ante la perspectiva de que dijera algo a los Kemble que acabase con su carrera. Y puede que lo hiciese. Se lo tendría merecido. Pero cada vez que agarraba el teléfono para llamar a Lizzy y contarle la clase de rata que era Leo, le entraban dudas. Por más que quería, no lograba olvidar cómo había yacido en sus brazos después de hacer el amor.

Cerró los ojos. Si al menos le llamara su padre... El silencio que reinaba en la casa la estaba volviendo loca. ¿Es que no sabía que era Navidad y que debía llamarla?

Agarró el teléfono y lo llamó. Por supuesto, no hubo respuesta, así que le dejó otro mensaje.

–Papá, yo... yo quería desearte una feliz Navidad. Te he enviado un regalo y me preguntaba si te había llegado. ¿Dónde estás? ¿Recibiste alguno de los mensajes en que te preguntaba si Becky y yo éramos adoptadas? Es muy, muy importante que respondas a esa pregunta. Me... me gustaría saber de ti, te echo mucho de menos. Y, papá, estoy a punto de dar a luz, y me gustaría que estuvieses aquí porque... yo... he dejado a Leo y estoy sola. Papá... yo... te necesito.

Abby jamás se había sentido tan sola y todo era por culpa de Leo. Durante los escasos meses que habían pasado juntos, había vivido la ilusión de ser amada. Pero todo aquello, cada beso, cada mirada y cada detalle, incluso los regalos que tanto la fascinaban, sólo eran parte de una enorme y planeada mentira al servicio de la ambición inexorable de Leo Storm.

Era una tonta ingenua, estúpida y vulnerable. ¡Pero aquello se había acabado!

Capítulo Doce

Abby oyó cómo Kel llamaba a la puerta. Se apresuró a levantarse pero sintió un dolor, esta vez tan fuerte que se inclinó hacia delante respirando hondo. Entonces, notó que algo húmedo le chorreaba por la pierna. Había roto aguas.

Lo primero que pensó fue en Leo. Se odió por desear tanto que estuviese con ella.

Entonces se dirigió lentamente hacia la puerta y, al abrirla, se encontró con que él estaba allí.

–No me cierres –parecía más delgado. La noche anterior, ella no le había notado las arrugas bajo los ojos. No se había molestado en afeitarse ni en lavarse el pelo y llevaba la ropa arrugada y manchada.

–¿Dónde está Kel? –dijo ella intentando erguirse. Estaba decidida a no sentir nada, pero en parte se alegró de verlo allí.

–Fuera –dijo él–, esperándote en el coche. Abby, no te enfades con ella. Es Navidad. Tenía que verte y asegurarme de que estás bien. Sintió lástima de mí y me dejó llamar a tu puerta.

–Pues ya me has visto. Estoy bien y quiero que te vayas. Llama a Kel, necesito...

Sintió otra contracción y tuvo que entrecerrar los ojos para esconder las lágrimas. Pero no pudo evitar llevarse las manos al vientre.

–¿Qué te pasa? –Leo se acercó preocupado.

–Nada –dijo ella, pero jadeaba. Y él no era estúpido.

–Es el bebé. ¿Desde cuándo tienes dolores?

–No son exactamente dolores.

–¿Contracciones entonces?

–No las he cronometrado, pero llevo así toda la mañana. Y creo que he roto aguas.

–¿Y por qué demonios no me has llamado?

–Eres la última persona…

–Vale. Ahórratelo –dijo él en voz baja–. ¿Tienes la maleta preparada?

Ella asintió, alegrándose de que él estuviese allí haciéndose cargo. Lo había echado mucho de menos. Y lo necesitaba.

–Abby, sé que no me crees, pero te quiero. No porque seas heredera de los Kemble, sino por ser como eres. Después de perder a Nancy y a Julie, nunca pensé que tendría otra oportunidad, lo que os convierte a ti y al bebé en algo doblemente valioso para mí.

Habría seguido hablando, pero ella tuvo otra contracción. Entonces Kel se acercó a la puerta.

En seguida, Leo le dijo a Abby que se cambiase y pidió a Kel que buscase toallas limpias para ponerlas en el coche. Asió la maleta de Abby y algo que había bajo el árbol. Luego salió y acercó el coche a la casa.

Antes de que Abby se diera cuenta, Leo la llevaba en brazos escaleras abajo.

–Qui... quiero que me lleve Kel –dijo mientras la metía en el coche.

–Iré detrás –le dijo Kel acariciándole la mano para tranquilizarla–. Además, estoy tan nerviosa que podríamos tener un accidente. Leo es buena persona y te quiere. Me lo ha estado diciendo todos los días y yo le creo. Nadie es perfecto, Abby, y tú deberías saberlo. En tu caso, yo le perdonaría y lo olvidaría todo. Quién sabe, hasta puede que encuentre a tu hermana.

Abby no dijo nada. Una vez los dos en el vehículo, Leo no intentó defenderse ni disculparse, sino que se concentró de lleno en la carretera. Durante el trayecto, las contracciones de Abby se fueron haciendo cada vez más dolorosas.

¿La quería? Puede que no fuese perfecto, pero ¿bastaba con que la quisiese? ¿Tenía que ser tan perfecto e ideal como los hombres que aparecen en las revistas femeninas? ¿Existían acaso los hombres que lo hacían todo bien?

La siguiente contracción la hizo resollar.

Notó que Leo apretaba el acelerador, adelantando a todos los coches que había en la carretera.

Ya pensaría en todo eso después. Ahora iban a tener un hijo. El hijo de ambos.

Envuelta en sábanas blancas, Abby le daba el pecho a un bebé de pelo oscuro mientras Leo la contemplaba orgulloso. Se sentía tranquila y cansada. Muy cansada.

Nunca en su vida olvidaría el momento en que su hijo rompió a llorar ni la mirada cálida y amorosa de Leo en el quirófano. Había sido como dar a luz a un príncipe... sintiéndose una esposa amada. ¿Qué podía ser mejor que tener un hijo sano con el hombre al que amaba y que le correspondía?

–¿Me perdonarás alguna vez? –preguntó Leo, pálido y asustado.

–Ya lo he hecho. Ven aquí, cariño –entonces le tomó la mano y se la llevó a la mejilla dejándola allí, necesitando su calor, su fuerza–. Quiero que nuestro hijo conozca a su padre.

–Pero ¿y tú? –el dolor que había en su voz la conmovió.

–Nunca dejaré de quererte. Lo intenté, pero no puedo. Haces que mi vida sea maravillosa y te he echado mucho de menos. Me haces sentir segura y nunca me había sentido así con nadie, ni siquiera antes de que Becky desapareciese.

–Pues me tenías completamente engañado.

–Y a mí misma, también. ¿Crees que podrás encontrar a mi hermana?

–La encontraré... o moriré en el intento. Ya sabes cómo soy cuando me propongo algo. Y hablando de... –dijo mirándola a los ojos, sólo que esta vez rebosantes de alegría–. Adivina quién está ahí fuera.

–No tengo ni idea.

–Tu padre. Hice que Connor lo buscara en la selva y lo trajese. Está deseando veros a ti y a su nieto.

–Pero antes... bésame y abrázame, Leo.

No se hizo de rogar y se inclinó suavemente sobre la cama, besándola con amor y luego con deseo. Un rato después, besó también la cabeza de su hijo.

–¡Feliz Navidad! –dijo su padre nada más entrar en la habitación, cargado de regalos.

Ella supuso que Leo habría comprado los regalos por él, porque su padre no había comprado un regalo en su vida, al menos que ella supiera. Pero no importaba. Lo importante es que estaba allí.

–Feliz Navidad, cariño –le dijo Leo por encima del hombro de su padre.

–Feliz Navidad –contestó ella–. La primera de muchas juntos... espero.

–Te prometo una vida entera de felices Navidades.

Y ella lo creyó.

–No puedo esperar a llegar a casa a abrir la cajita del lazo plateado –susurró.

–No tendrás que esperar. La tengo aquí –sonriendo, se la sacó del bolsillo.

Ella se abalanzó sobre el lazo como un niño que toda su vida ha esperado tener una verdadera Navidad. Al ver el caballo, lanzó un grito.

–¿Coco?

–Creo que me enamoré de ti la primera vez que te vi montarla –dijo Leo.

Echándole una mano sobre el cuello y sosteniendo a su hijo con la otra, tiró de él hacia abajo y lo besó largamente.

Epílogo

Una multitud de miembros de la familia Kemble se agolpaba alrededor de Leo y de su esposa, que sostenía orgullosa al pequeño Caesar Kemble Storm en la puerta de la capilla del Golden Spurs. Todos querían ver al niño de cerca. Hasta Joanne, que no parecía haberse alegrado mucho al conocer la verdadera identidad de Abby.

–Supongo que esto te convierte en miembro de esta familia –le dijo Joanne a Leo con un ligero tono incisivo.

–Supongo que sí –respondió él con desgana.

Mia y Lizzy se mostraron encantadas al enterarse. Y Joanne, aunque no parecía tan contenta, no se sorprendió en absoluto cuando Abby y Leo fueron al Golden Spurs después del parto para contarles a Lizzy y a Mia quién era Abby en realidad. Pero la había aceptado a regañadientes como si su presencia en la familia fuese inevitable, e incluso había felicitado varias veces a Leo. Luego, curiosamente y al igual que durante la boda, le había preguntado a Abby sobre su padre y había escuchado atentamente el relato de su visita.

–¿Te dijo alguna vez que eras adoptada?

–No, hasta que se lo pregunté en esta última visita. Me dijo que siempre había querido decírnoslo a Becky y a mí cuando creciésemos, pero no había podido hacerlo tras la desaparición de Becky.

–A mí siempre me pareció muy valiente. Fui yo la que... –se interrumpió.

Abby volvió a preguntarse el porqué de la fascinación de Joanne por su padre.

–¿Cómo conociste a mi padre?

–Fuimos amigos un tiempo –fue todo lo que dijo. Abby imaginó que su padre la había dejado por el trabajo.

Pero entonces Lizzy agitó un par de diminutas espuelas frente a las manitas de Caesar y Abby olvidó su conversación con Joanne.

–Éstas son las suyas y cuando os vayáis todos las colgaré en el Spur Tree junto a las de papá.

–Pequeño Caesar, te has portado mejor que mi Vanilla durante la misa –le dijo Mia encantada.

El bebé se mordió el puño antes de romper a llorar.

–Me temo que es hora de darle de comer –dijo Abby.

El humo de las barbacoas se elevaba en el aire. Sobre el césped, unas enormes carpas acogían a los invitados para celebrar la llegada de tres nuevos miembros a la familia. Fue Joanne quien sugirió bautizar a Caesar en el rancho como era tradición y, por supuesto, aquello implicaba una celebración propia de unos rancheros de Texas, con barbacoa, cerveza y mariachis.

Cuando todos se hubieron acercado a ver al niño y hacerle carantoñas, Leo llevó a Abby a una habitación apartada de la casa para que pudiese darle el pecho antes de la comida.

Una vez solos, se inclinó sobre ella y la besó larga y apasionadamente. Sin pensarlo, ella tocó el caballito que pendía de su cuello y luego dejó caer la mano sobre los ricitos de su hijo.

Su padre había vuelto a Argentina y no había sabido de él desde entonces. Pero la mañana de su partida él le había contado cómo él y Electra escogieron juntos una agencia de adopción que se hiciese cargo del proceso.

–Electra era una vieja amiga, habíamos colaborado en varios libros y vino a verme cuando se quedó embarazada. Entonces le dije lo mucho que tu madre y yo deseábamos tener hijos. Y fuimos muy felices... durante un tiempo, hasta que Becky desapareció y todo se echó a perder.

–Sí. Fuimos felices.

–Ojalá... –se detuvo–. He dedicado mi vida a escribir para no pensar en ello. Me he convertido en algo así como un adicto a la adrenalina.

–Quizá deberías empezar de nuevo con otra persona.

–Ya lo intenté una vez y fue un descalabro para mi corazón. No, gracias.

–Lo siento, papá.

–No pasa nada.

Pero Abby no quería pensar en su padre o preocuparse por Becky en aquel momento. Tenía demasiadas cosas por las que sentirse feliz. De hecho, nunca lo había sido tanto como estando sentada en aquella mecedora con la blusa abierta, Caesar apretado contra su pecho y su marido sonriendo cariñosamente.

Nunca imaginó tal felicidad. Y quizá, pronto, Leo encontraría a Becky para ella y para su padre.

Porque si había alguien en la tierra que podía hacerlo, ése era Leo.